2021—2023 年，宁夏工商职业技术学院向海原县甘城乡双井村派驻第四批驻村工作队，梁军任第一书记，队员马金保、韦春雷。

田晓慧◎著

黄河出版传媒集团
宁夏人民出版社

图书在版编目（CIP）数据

驻村书记 / 田晓慧著 . -- 银川：宁夏人民出版社，2023.12

ISBN 978-7-227-07923-1

Ⅰ . ①驻 ⋯ Ⅱ . ①田 ⋯ Ⅲ . ①散文 – 中国 – 当代 Ⅳ . ① I267

中国国家版本馆 CIP 数据核字（2024）第 024886 号

驻村书记

田晓慧　著

责任编辑　杨敏媛
责任校对　陈　晶
封面设计　沈家菡
责任印制　侯　俊

 黄河出版传媒集团 宁夏人民出版社 出版发行

出 版 人　薛文斌
地　　址　宁夏银川市北京东路 139 号出版大厦（750001）
网　　址　http://www.yrpubm.com
网上书店　http://www.hh-book.com
电子信箱　nxrmcbs@126.com
邮购电话　0951-5052104　5052106
经　　销　全国新华书店
印刷装订　宁夏银报智能印刷科技有限公司
印刷委托书号　（宁）0028539

开本　787 mm × 1092 mm　1/16
印张　16.25
字数　180 千字
版次　2024 年 6 月第 1 版
印次　2024 年 6 月第 1 次印刷
书号　ISBN 978-7-227-07923-1
定价　48.00 元

为乡村振兴的践行者们喝彩

张克平

村庄犹如一颗颗明珠，镶嵌在广袤的中华大地上。农民、农村、农业——中华民族的根基，中华文明的重要载体。然而，许多村庄面临着发展困境，改变农村的贫困和落后面貌是中国共产党的历史使命和时代重任。在这样的历史背景下，出现了一个特殊的群体——驻村工作队。他们肩负着脱贫攻坚与乡村振兴的使命，把他乡当故乡，视百姓为姑亲，带着泥土做事，满怀激情为民，书写出新时代的鱼水深情。《驻村书记》这部作品讲述的就是这群人的故事，他们来自不同的地方，不同的行业，有着不同的背景，但都是为了同一个目标——让农民过上美好生活。

本书的故事特别多，读者们阅读就知道了，我在阅读这本书的过程中，记了好多读后感，在此分享几条。

在这部作品中，我们将看到驻村书记梁军带领驻村工作队和村民发展致富项目、壮大村集体经济的故事；将看到他用自己踏实的工作，赢得了群众的赞誉。他的故事，是无数驻村书记的缩影，是无私奉献、默默付出的见证。

这部作品不仅仅是一部讲述农村发展的故事书，更是一部展现人性光辉、弘扬中华优秀传统文化的文学作品。通过这部作品，我们能够看到驻村书记与村民之间的互动，能够看到他们之间的深厚感情，能够感受到他们为了同一个目标而努力奋斗的决心和勇气。

在这部作品中，我们还能看到不同人的不同性格、不同经历、不同命运。他们的故事，将让我们更加深入地了解农村的现状和问题，让我们更加关注农村的发展和农民的生活。

通过这本书，我深深感受到主人公梁军同志的使命感与责任感。他以实际行动践行着"乡村振兴战略"的目标，为乡村的发展付出了巨大的努力。他的故事激励着我们，让我们看到了乡村振兴的前景与希望。

我想说，《驻村书记》不仅仅是一本关于乡村振兴的书，更是一本关于情怀、责任、梦想的书。它告诉我们，只要有决心、有勇气、有智慧，我们每个人都可以成为乡村振兴的践行者与领路人，一起为乡村的发展而努力，一起为实现共同富裕而努力！

《驻村书记》更是一部具有深刻内涵和高度现实意义的作品。它不仅仅是一部文学作品，更是一部具有指导性和可操作性的发展指南。通过这部作品，我们能更好地了解农村、关注农村、支持农村，为推动农村的发展贡献自己的力量。

2023 年 11 月 27 日写于银川红梅园

（作者系博士、资深教授，公派留学贝尔实验室归国人员）

目录
CONTENTS

给西门塔尔牛买麸子

1

听到说话声，十头西门塔尔牛警觉起来。

它们按照日常位置，倒换着脚步往食槽前赶，步态明显比平常急促。

脚下，才刚铲过粪便的牛圈撒着干爽的黄土，上面一片牛粪也没有。从早上到现在，牛们只喝过一次水，没有任何草料下到胃里。三头小牛肚子明显瘪了，天生的调皮劲也没有了，一个个瞪着饥饿的大眼睛，挤在牛妈身边，朝牛棚外张望。

2

八九个成年人呼啦啦涌进牛圈。有来数牛的村干部，也有来围观的乡邻。

牛圈里的尘土瞬间被搅动了，蜜蜂一样飞旋起来，又均匀散落在大家头上、鼻梁上、肩膀上。浓重的牛粪味随着人的呼吸，钻进鼻腔和肺管。双井村驻村第一书记——宁夏工商学院保卫处处长梁军，下意识搔了两把茂密的头发，像是要把落在发丝上的牛粪味儿抖落下去。

接连搔了两把头，又把鼻梁上的眼镜往上推了推。一部分根基不牢靠的发丝顺势掉落在牛圈里，和那些被脚踢起来的白色、棕色牛毛混杂在一起。

梁军发现一个规律，只要夜里睡不好，或者从银川到海原县甘城乡双井村近三百公里山路使劲跑几天，头发一定得掉落一大把。

平时，即将退休的他还是很注意休息的，比如不熬夜，不撵着和大家拼车周周回银川。但是最近这些天，他一直在连轴转，顾不得保养自己。

3

半个夏天过去了，双井村的老天连一滴雨都没落下。

村里唯一一眼苦水泉"黑泉"快要干涸了。

如果不是前两年脱贫攻坚工程把自来水接通，人畜饮水问题早都白热化了。

这也让梁处长深切感受到双井村为什么会成为海原县经济最困难的地方之一。

只要老天作祟不下雨，双井村的庄稼就没收成。地里长着的饲料玉米停留在一尺高的位置上，小俙儒一样窜不起来，有些地方叶子都打蔫了，甚至卷起了卷，如果再这样继续旱下去，死苗的结局必然要出现。

市面上的饲料价格还在节节攀升，村里饲养的595头西门塔尔扶贫牛眼看快要喂不下去了。不用计算都能估摸出来，今年一年的牛已经白喂了，赚钱肯定是不可能，能控制到不赔本就算不错了。

如果这些西门塔尔牛因为饲料短缺赔了本，去年一年脱贫攻坚的成绩等于归零，相当于给老百姓"说了谎"。

本来他这一届驻村工作队的工作重点就是防止大规模返贫，狠抓乡村振兴的。要是因为百年不遇的大旱灾，让脱贫农户返贫，他就成了为历史"背锅"的一届驻村书记。

4

2019年，华润公司跟双井农户签订了"西门塔尔牛饲养扶贫项目"，这个扶贫项目的开发总体来讲是很成功的。每家每户最少可以借款领一头母牛回家饲喂，等母牛生了小牛，赚回母牛的身价，再把先前的借款归还给华润。

双井村的养殖业借华润扶贫项目东风，目前已经发展了595头属于农户自己的牛。眼下突然遇到百年不遇的大旱灾，饲料价格突然大涨，农户的经济收入必然大幅度下滑，脱贫攻坚成绩就会像黄河滩上的鹅卵石一样，一到夏天就见了底。

梁处长睡不着，这是他上任一个多月来遇到的第一桩棘手事。

学院派来的前三任驻村干部已经帮助村民过上了"两不愁三保障"的生活，自己不能眼睁睁看着因为苍天大旱的原因，让村民已经脱贫的日子一夜回到从前。知道大旱原因造成养殖业成绩下滑的好说，不知道的，还以为脱贫攻坚数据统计有水分，还以为他梁军工作不给力。

一想到这些事情，他的头发就像春天杏树上的花朵，一碰就掉。

5

"等一等！等一等！"

十头西门塔尔牛的主人李有宝低声而坚定地喊着，转身从牛棚跑了出去。

其他人不知道李有宝让大家等什么，不理不睬，开始拨动牛头数数。牛头撇在一边，不让人用手点它的额头。一头看上去很精明的西门塔尔牛瞪眼瞧着数牛人，十分敌对，鼻孔喷着粗气，好像在怒骂："表哥，不给俺添草料，端着花名册总是数来数去的要干啥呀？"

三头小牛更捣蛋，一个个退缩着，往牛妈尾巴后面躲藏，故意跟人作对不让人数清楚似的。

驻村干部小韦是宁夏工商学院辅导员，退伍军人出身，个头高，块头大，刚满四十岁，一个人能吃两个人的饭。他站在空落落的牛槽跟前，视线越过牛脊背，把掩藏在牛妈后面的小牛看得清清楚楚。大牛脊背瘦骨嶙峋，后腿和肚子连接的地方明显陷下去一个深坑。

"小东西，往哪里躲，数的就是你。"

小韦和小牛开着玩笑，伸着长长的臂膀，把食指送出去好远，都快要点在小牛的额头上了。

"没错，三头小牛。就三头。"

妇联主任弓着腰，两只手撑在膝盖上，侧着头，从牛脖子下面的空隙往里直瞅。她头上的帽子缀满细碎的小亮钻，两侧垂挂着的装饰穗还在轻轻摇摆："我也看清了，三头小牛。"

"四头，四头。噢，不对。五头！"李有宝着急地呼喊着来了。

6

李有宝是个有心计的农民，他知道村干部今天要来他家数牛，早晨起完圈，不喂牛，故意省去喂牛的一顿草料，让牛瘪着肚子，渲染紧张气氛，给驻村干部们施加压力。

大家撇开牛，转头盯着李有宝。

妇联主任直起腰，扑扑衣襟，好像她刚才弓腰把衣襟弄皱了似的。其实她穿的是一件冰丝长裙，很随身的那种，无论啥时候，她的长裙总是很垂，很服帖，身形也很好看。

李有宝站在牛圈门口，怀里抱着一头小牛。小牛惊慌地扑闪着两只懵懂的大眼睛，四条细细软软的腿被主人拢到一起，没法乱蹬，只能无力地垂着。

"我说怎么剩三头了。小家伙腿压麻了，起不来，在露天活动场靠土崖卧着。"

李有宝的牛场分两个空间。一个空间东西走向，搭着凉棚，供牛吃草、晚歇。数牛的干部都集中在这里。一个空间南北走向，一边靠着土崖，剩下两边拉着铁丝网。这个空间专供牛做户外活动、晒太阳吹风用。两个空间由一道门连接。

"你呀，糨子把心糊了，数字都不会数了。加上你怀里抱的总共四头，哪来五头？"

李有宝怀里抱着小牛犊，腾不开手，把嘴唇撅起来老高："往里看。里面那头马上生了。"

梁处长呵呵一笑："行了行了。这种情况我们早都估计到了。截止到明晚十二点，生出来的，就来村委会找我填数儿。明晚十二点生不出来的，一刀切，谁说了也不算。"

一伙数牛的人踢着地上干燥的尘土，轰隆隆从牛圈趄了出来，身后又搅动起一阵浓烈的牛粪味。

"啊——嚏！"梁处长忍不住打了个喷嚏。大家就取笑他说："梁书记，三周没回家了吧，有人想你了。"

"都一个月没回了，还三周！"

"上次去吴忠面粉厂考察麸子市场没顺便回去？"

7

为找到质量最好、价格最优惠的麸子，三个驻村干部垫付了一千多块钱的汽油钱，调研了好多地方。

先到七营集市上去打问价格，差点让人糊弄着把糠当成麸子买回来。

梁处长虽然是农村出身，可从十二岁上了初中后，一路都在县城读书，直到大学毕业分配到宁夏工商学院，当教授，任中层干部，再也没有参与过农村劳动。在他眼里，什么是糠什么是麸子的确区分不清。

他走到一家卖糠的公司问，回答是一斤九毛钱，又走到一家卖麸子的公司问，人家说一斤一块三毛钱。他还觉得奇怪，差价怎么会这么大。

后来村委会的杨支书加入调研行列，才发现梁处长弄错了，把糠当成麸子了。

从七营农贸市场开始，一路向灵武、吴忠延伸，跑了好几个来回，考察麸子价格、质量、运费、税费、生产厂家等信息，总算把质量最好、价格最低、运费最经济的麸子找到了。

8

"为跑麸子轮胎花纹都磨平了，哪里顾得上回家。来，签字画押。"

小韦端着印泥，另一个村干部把统计数据的表格按在李有宝家平整的瓷砖墙面上。李有宝签字、按手印，村干部签字、按手印，确定牛的数量，准备以每头牛补助草料100元的标准，发放抗旱救灾麸子。

李有宝女人个头不高，脸蛋晒得黑黑的，穿一件大红雪纺衬衫，头上戴着一顶黑色网纱帽，不断地搓着双手，跟在村干部后面，连说了几句："到屋里，到屋里喝口水撒。一口水都没喝么。"

她家去年借"农村危房改造补助项目"盖了新房子，白瓷砖贴面，大红琉璃瓦盖顶。外墙面擦得纤尘不染。落地大玻璃窗，棕色铝合金加宽窗框，深红色双开进户门，门扇上布满压花云纹。屋顶落着一群散养的灰色鸽子，一直咕咕咕地嚷嚷着，在屋顶上焦躁地走来走去，好像在说："给我补助，给我补助。"

这次抗旱救灾物资发放，是村上通过四议两公开的工作流程专门制订的发放方案，是以救助养牛户为主的。养羊养鸡的专业户不在被救助范围内。那些养羊专业户就来找梁处长撒气骂人："养牛的是人，养羊的不是人？"梁处长只是呵呵一笑说："有机会，

有机会，都有机会。"

9

屋檐下装着一盏方形院灯，在靠近牛圈一侧的屋檐拐角上还装着一个监控摄像头。一只鸽子恰好落在摄像头柄杆上，头一勾一勾地敲啄着摄像头的玻璃罩子，好像在通过摄像头向主人讨要谷物和水。

李有宝家银白色的金属院门敞开着，双门扇最上部镂空铁艺，把蔚蓝色的天空剪成一幅花纹独特的剪纸作品，张贴在半空中。

去年才买的客货两用小汽车亮闪闪地停在院中央，宝贝疙瘩一样堵着大家的去路。

数牛的人、跟着看热闹的人、暗暗监督工作队工作的人仿佛水流遇到大石头一样，从客货两用后车厢那儿分成两股往大门口走。有的人顺便还用手掌在车身上"砰砰"地拍着，检测车身铁皮质量似的赞叹："李有宝，这下发了，又盖房，又买车。这车不错。"

李有宝咧开大嘴，嘿嘿一笑，马上又把脸上的笑肌收紧了，一种无法掩饰的焦虑情绪笼罩着他的发际。他用拳头砸着掌心说："发啥呀发，天这么旱，草料这么贵，我闹心得很呢。身上还背着贷款呢。"

"你闹闹你一家的心。我闹闹全村四个组 800 多口人的心。再不要胡说乱喊乱军心了。扛住！"梁处长堵了他一句。

10

双井村户籍人口 1670 多，常住人口 800 多。这800 多常住人口基本都是老弱幼妇，出路就是居家养殖。居家养殖最怕的就是草料价格乱涨不稳定。从双井村的历史来看，这里一直是靠天吃饭的农耕地区，以前多种一些小杂粮。近几年政府号召做产业调整，推广养殖业，提倡种饲料玉米，小杂粮基本不种了，人吃的米面油全部靠买。除去坡度大于 30 度的退耕还林土地，剩下的耕地全部转产种植饲料玉米，发展养殖业。

靠天吃饭，天不下雨，干瞪眼没办法。

梁处长刚来村里的时候，每走到一家，大家都热情招呼，梁书记长梁书记短地叫着、让着。等天气干旱不下雨，养殖户出现草料恐慌的时候，梁书记不受待见了。

11

有一次，梁书记和小韦入户做收入登记就碰了一鼻子灰。

他们去暖泉旁边的丁三勤家做收入登记。

脱贫攻坚之前，政策要求驻村干部每半年做一次进户收入登记。现在要求每月都要进户做登记，随时掌握农户失去收入的原因，随时注意补救，或者督促他们外出打工增加收入。

"喂——老丁在吗？"

梁处长站在老丁家院里连喊了两遍都没有人答应。

照平时，只要他的脚往上梁的路上一踩，也不知道是听到他上坡时候喘着的粗气，还是看到他上坡时佝偻着的脊背，反正老丁知道是梁处长来了，早早从屋里出来，远远站在没有围墙的院子里等着他。但是这次，喊了好久，老丁才从牛圈那边慢慢腾腾地走出来，也不和他对视，生他气似的，偏着头朝其他地方看。

"老丁，我来统计一下你这个月的收入。"

"再不统了，越统越少。天这么旱，草料这么贵。不想办法让天下雨，统啥统？前天还说要交啥医疗保险呢，口袋里两个钱都叫你们统干了。"

梁处长有点生气地说："你这话扯到哪里去了？医疗保险是为你一年看大病做保障的。天旱是天的事，又不是我不让天下雨。"

"过去天旱的时候，全村人就去淘黑泉。只要用锹把黑泉淤泥别开一条口子，当头顶云马上就来了。你们现在呢？泉也不淘，啥也不干，光知道统。统能统出雨来？赶快干啥干去，我忙着呢，没工夫陪你。"老丁牢骚发了一大堆进屋了，把梁处长和小韦晾在后面。

梁处长突然觉得老丁话锋不对头，可能工作没做好。马上换了工作策略。

"呵呵，今儿找老丁是找对了。统计收入是一方面，主要是想向你讨教一下抗旱救灾的事情。淘泉也不是不可以。只要能解决问题，我不怕人说我讲迷信。不行咱们组织几个人，半夜避开群众淘泉去。"梁处长跟在老丁后面，讨好地说。

老丁这才转过脸请让梁处长进屋。

老丁坐在炕沿上，梁处长坐在窗户跟前的藤椅上。

老丁的窗户用的是整块玻璃，窗外景色一览无遗。

如果不是当院那个闹心的牛棚，坐在老丁家藤椅上向东南方极目远望，就像坐在览胜观景亭内似的。

12

最远处和天相接的，是一圈波浪形的低矮黄山梁，山梁自然和双井村所有的荒山秃岭一个样——不到入秋，草色总是绿不起来，就好像作画的人忘记给山梁画树画草那样决绝。半圈缓坡处，稀稀拉拉住着几户人家，不过，家家都是红屋顶粉白墙，很幸福的样子。山梁包围着的弧圈内，是一片广阔平坦而神奇的庄稼地，庄稼地里一片墨绿。乍一看，庄稼地好像一捆摆放在天地间的草棵子，那些红顶的农家房屋，就是草棵子上端开放的小红花朵。

天空湛蓝，没有一丝流云。

不了解情况的，觉得这里的景色真是太奇特了，太人造了，太美了，人们的生活太惬意了：蓝蓝的天空，黄黄的山梁，蓝天和黄山的颜色相掺后，流淌在弧圈内平坦的土地上，变成了青青的庄稼地。庄稼地的一侧，配上红红的房屋顶，简直就是丹青高手的妙笔杰作。

了解情况的，非常沮丧。

入夏以来，天天都是万里晴空，天天都是天蓝如海。如果天色继续蓝下去，地里的青青庄稼就要提前枯黄。那种青苗被旱死在土地上的情况，对于祖辈生活在这里的农人已经见怪不怪了。然而对于一个外乡人，如果亲眼看见大片的庄稼地，因为天气干旱，久不下雨，幼苗全部旱死在田里的情景，你会崩溃的！

现在，靠天吃饭的双井村，正在遭遇百年不遇的干旱时光。

如果再过一个月仍然不下雨，眼前的青绿就会迅速消失，青青的庄稼地马上就成了潮水退去后的黄沙滩。

13

梁处长说："老丁呀！你赶快给我出个帮扶主意！我来咱们村才一个多月，不了解情况，眼看着天这么旱，人心惶惶的，我无能为力啊！听说以前驻村干部冬天给大家拉煤，夏天给大家拉自来水，又是给小学教室吊顶，又是给养羊专业户引种羊……去年又赶上脱贫攻坚好机会，把走暖泉的山路都用水泥硬化了。能干的、好干的工作都让人家干掉了，我现在咋整啊？"

老丁离开炕沿，走到屋门口，盯着他的牛圈看了一会儿。

牛圈里传出"哞——哞——"的叫声，懂牛的老丁一听就知道牛的确还没有吃饱。可是草料还得省着喂，每天添草料的时候都是少一点，再少一点。

老丁的牛圈垒在院子中央，鼻子疙瘩一样。

条件好的人家，养牛起步早的人家，已经很讲究院落设计了。哪里是停车位，哪里是牛羊圈，哪里是存储草料的库房……设计得井井有条。老丁不同。老丁家是精准户，去年才刚脱贫。前年才垒起来的牛圈谈不上美观，谈不上设计，只讲究夜间看护牛娃是不是方便。老丁决定把牛圈建在院子中央，离他家落地大玻璃窗只有二十步。牛圈用料也很凑合，全部是断砖头和土坯，外形很粗糙。和他家去年才盖起来的两栋一排红顶大上房一比，更像一堆碍眼的建筑垃圾。千万不要小瞧这个不起眼的牛棚，里面生活着四头西门塔尔牛，它们可是主人所有的经济内生力。主人借助"农村危房改造"机会新盖的两栋房，明后年能不能完成内部装修，能不能把人住进去，再过两三年，能不能买一辆小汽车停放在院中央，全部经济开支，都像赌徒押宝一样押在它们身上。

现在，大旱之年已经降临，草料呈现紧缺状态，牛价也急剧下降，老丁心里没底了。

他几乎开始埋怨村干部了：都是村干部动员他养这么多牛才让他为难的。

若是以前，他最多养一头牛，遇到灾荒年，再困难，一头牛随便就喂饱了。现在牛棚里关着四头西门塔尔大肚子，一个个跟无底洞一样，上午刚添完草料，不过几个小时，牛又哞哞地叫个不停。放在20年前，把牛赶到山上，散养一两个月，困难就过去了。现在，封山禁牧不让把牛往山里赶，草料涨价还紧缺，只能等着宰牛卖肉了。但是牛肉价格偏偏又降了下来。再说牛没有喂到该出栏的时候就去宰杀，是眼睁睁赔本的买卖，做不得。

14

"梁书记，我的草还够吃，你要是能给咱们弄些麸子，能挨到入秋就好了。我们这个地方奇怪得很，只要一入秋，稍微下几场秋雨，牛羊草料马上就接上了。光地垄上长的那些青草，只要我和老婆勤快些，多拔几回，都够喂我的牛了。到时候我再补种些青储玉米，牛就能保住。起码不会亏本。不会年年旱，等明年雨水转过来就好了。明年雨水一转过来，我的牛也就到了出栏的年龄，赚不了多的，少的一定能赚。两栋上房，我先装修一栋把人住进去，我有把握。"

老丁说这些话的时候，也不看梁处长，好像他在自说自话。嘴上说有把握，但其实从他的表情上看，他说的话连他自己都没有一点儿把握，一点儿根据和希望都没有。他甚至嘴上说着一套，心里想着一套：几个大学教授，哪里来的饲料麸子？捆几捆旧书拿来给牛擦沟子恐怕还能行。

谁知道老丁希望有人给他捐麸子的想法，成了梁处长驻村工作开创新局面的金点子。

梁处长说："老丁，你放心，你需要饲料麸子，我就给你弄饲料麸子，只要你能把牛保住，扛过干旱，挨到雨水到来的时候。"

老丁转过脸看着梁处长，梁处长也迎着老丁的目光，很短时间内，那种高级知识分子和普通农民，成了生死之交好兄弟的"桃园结义"式的肃穆和真挚，把跟在后面来做月收入登记的小韦感动了，两手一拍："解决了。"

小韦摊开收入登记表，填写了老丁的收入情况。连续两个月老丁都是无收入。

15

从老丁家出来，梁处长和小韦又入户登记了几家，除去精准户公益岗的几家，大家的收入基本都是靠外出打工，年龄大些的自然没有收入。

当晚，梁处长组织召开村党支部扩大会，商讨抗旱救灾的事情。大家一致认为要是能给养牛户弄些麸子发下去，今年养牛损失就能降到最低，只要今年扛过去了，明年大家一定赚钱。

梁处长得到保证后，连夜给帮扶单位宁夏工商学院党委提交《关于做好抗旱救灾工作的请示报告》，计划向双井村肉牛养殖户给予一定饲料补助，每头牛控制在100元之内。学院院长办公会马上讨论并通过了梁处长的请求。

双井村村委会又做了研究，同意接受宁夏工商学院提供的抗旱补助。

接下来大家分组启动饲料补助项目的实施。

由驻村工作队、村委会、监委会以及双井村四个小队队长组成"农户肉牛养殖存栏数确定小组""饲料咨询考察小组""饲料采购分发小组""宣传组"等。大家各司其职，开始奔忙。

16

数牛工作安排了整整两天，今天是最后一天。

数牛组从李有宝家出来，又开着车往马广台去了。马广台居住着全村最远的几十户人家，大家去那边一次，就得大半天时间。

牛数统计好了，买麸子的厂家也终于筛选定了，梁处长松了一口气。他在心里暗暗好笑，原来买麸子要在一分一厘上讨价还价，真是太新鲜了。

宁夏工商学院抗旱救灾物资捐赠仪式安排在

后天。

梁处长通知厂家明天把货送来。

"可以可以！请您放心，明天一定按时把货送到位。我这就给您把相关账号打过去，一手交款，一手发货。"

"啊？啊？啊？这不行啊！我的钱还没来呢。要等物资发放结束，院领导考察了实效性后，学院才给打款的。"

"不好意思，我们也有规定，不赊账。再说这次麸子价格压到这么低，再弄成赊账，我们赔得就太厉害了。"

17

梁处长的眼睛一下子绿了，抬手接连搔了几下头皮，一批根基松动的发丝，牛毛一样往地下飘。

这可怎么办呢？捐赠仪式时间都定了，院领导要过来参加，人都请好了。捐赠仪式也是给大家发放抗旱救灾物资的日子，这消息早都给农户们发出去了。

以前在家因为不会理财，爱人把他的财权早都没收了。每月工资一发，如数上交家庭财政。近几年自家换房子买车，供孩子上学找工作，家里积蓄并不多。思前想后，梁处长还是向爱人求救了。

"喂——小莲啊！吃了没有啊？"

爱人知道梁处长可能有事，没事他从来不给她打视频。

视频里的梁处长明显憔悴了，头发乱蓬蓬的，只是身上那股淡淡的牛粪味爱人闻不到。再看看背景，单人宿舍里一张单人床，床头一张学生课桌，桌上摆着梁处长常看的十几本书。书旁边一台液晶电脑显示屏，前面搁着巴掌大的小音箱。地上还摆放着水桶、簸箕、笤帚。到处冷冷清清，和家里的条件相比，简直就是在受罪。

"不让你去，偏偏要去。哼哼，再不绕圈圈了。啥事，说。"

"你看啊……"

梁处长感觉特别不好意思，吭吭巴巴总算把事情的前因后果说清了。

"梁子，这个恐怕不行吧。前面你提出去驻村，我就不让你去，知道你去做不了啥。现在问题出来了吧。问题出来你就向我要钱。我哪里有？折子上就三四万块钱，你都拿了去也不够啊！再说了，你拿了去，家里有啥事咋办？两边老人年龄都那么大。"

梁处长急了，拿出大男人的臭样子在视频上吼。

"烦不烦，说那么多干吗，借还是不借？不借我找其他人。是我愿意把事情弄成这样？！"

爱人把钱打来了，的确不够。正思谋再向谁张口借点，凑一凑就够了。但是梁处长感觉自己真的已经固化了。他不想向任何人张口求救。他都不知道自己从什么时候起，丧失那种为工作不惜一切代价的鲁莽劲。也许常年按部就班的高校工作，萎缩了自己的创造才能吧。怎么就不愿意也不敢为工作求助他人呢？

正在这里做思想斗争呢，手机微信来了。打开一看，爱人又给打来一些钱。

"哈哈！够了！"

梁处长像个刚入职的年轻人那样，从床沿上"呼"地站了起来。

18

捐赠分发仪式如期举行。

四个生产小组组长把自己的人组织在一起，站在 32 吨麸子对面。一袋袋麸子靠双井村综合文化服务中心一侧，码放得整整齐齐，形成一道厚实的高墙。梁处长觉得这道高墙是加固农户抗灾喂牛信心的依赖墙，是想尽一切办法熬过灾年的团结墙，是夺取明年肉牛出栏大丰收的希望墙，是帮扶单位担负乡村振兴工作的责任墙，是激发广大村民内生动力的支撑墙……

麸子墙后面就是国旗台。

捐赠仪式开始了。喇叭里响起雄壮的国歌声，恰好有一股山风从对面山梁上吹了过来，国旗微微抖动了几下，缓缓飘扬开来，像一只表达满意的大手，在蓝天下慢慢挥动着。

梁军常年在高校工作，升国旗仪式参加过无数次，然而这次，在国旗下听国歌演奏，鼻子却酸了好几次，好像第一次感受到国歌的威严，国歌的肃穆，国歌的感召力、凝聚力、使命感……一种说不清的复杂感情，从胸腔里满满地生长起来。

一条"宁夏工商学院抗旱救灾物资捐赠仪式"的横幅，拉得又直又端正。横幅前面，站着院领导、县领导、乡领导。他们简短的发言讲话刚一结束，农户们就迅疾围拢到麸子墙跟前，伸手捏住了麸子口袋的一角。

双井六一

1

盘甘公路连接着 344 国道和 202 省道，双井村这段路最难走，也最热闹。

2022 年 6 月 1 日这天早上六点半，阳光像金子一样洒向双井。小孩儿和大人都打扮得漂漂亮亮地往小学门口聚集，路上到处都是人。

一大早，一家卖凉皮的，两家卖饮料和零食的，急匆匆把流动商店搬过来。

志愿安全员小素甩着两条长腿，一跛一跛地从校门口走出来，左右招呼着三家商户："往外挪，再往外挪。"

商户一边挪着，一边已有小孩儿捏着钞票要买东西。

平时这里和所有中小学一样，门口不允许摆摊。

学校栅栏门敞开着，季校长和几位老师站在课桌上拉横幅，横幅上写着"欢度六一"。

从校门口向里一眼望到头，半遮半露能看见有个会场。

一辆迷你警车醒目地斜停在校门口，车顶上的红蓝警灯急促地闪着。

标语一条接着一条。

"咱们的孩子，咱们的学校，咱们共同努力。"

"让每一个少年儿童都能放飞理想。"

"培养祖国的花朵，哺育人类的未来。"

"关心儿童成才就是关心民族的未来。"

"感谢社会各界对儿童的关心。"

"童心颂祖国，喜迎二十大。"

……

沿着标语布置起来的校园中央大道走到头，就是学校操场，也是"2022年双井小学'爱心书屋'落成典礼暨2022年双井小学庆祝'六一国际儿童节'大会"会场。

会场上空彩带猎猎，气球飘扬。

《运动员进行曲》铿锵有力地从会场里传出来，飘向盘甘公路，飘向全村，飘进留守的200多户人家。

驻村第一书记梁军头几天就给村民们宣传：凡是

来参加"爱心书屋"庆典的村民，凡是来观看"六一"学生文艺会演的家长，每人能得到一份小礼物。

小礼物是爱心人士捐赠的，由爱心人士代表孙大妈亲自购买、亲自押送、亲自分拣装袋。一桶洗洁精，一桶洗衣液，两块肥皂，一块香皂，还有一条纯棉名牌毛巾。

2

半年前，梁书记和朋友们春节聚会吃饭。饭桌上，梁书记首次说了一个想法——驻村期间，除了完成乡党委和村委会统一安排的驻村工作外，他还想开创性地为双井小学建一所"图书阅览室"。他说经过调研发现，双井村的自来水接通了，网上购物派送点启用了，村道小路硬化了，借助西门塔尔牛养殖项目，"两不愁三保障"政策也落到实处了。特别是房屋补贴改造工程项目实施后，家家户户都住进了崭新的起脊大瓦房。然而，不管是各家各户，还是学校班级，甚至是村委会办公大院，哪儿哪儿都没有书房。不要说农人家里不见一本书、一本杂志，连双井小学都不见一本课外书，不见一本课外阅读杂志。

梁书记说：总书记讲绿水青山就是金山银山。双井村自然条件限定了，实现绿水青山的可能性比较小。即便是封山禁牧，即便是退耕还林，老天不争气，十年九旱。但是，双井村有小孩儿，双井小学有一百多名小学生。双井的小学生就是双井的绿水青山，双井的小孩儿就是双井的金山银山！双井小孩儿能不能读好书，能不能通过读书增长才干，这是双井村实现美好未来的唯一出路。

梁书记把建图书室的想法说出来后，朋友们举双手赞同。当下就各自承揽了一份工作——搜集适合小学生阅读的图书，准备捐赠。

经过半年的奔走，梁书记共收到来自各界捐赠的图书10000多册。还通过海原县教育局电教项目，为双井小学投资建造了一处电子阅览室。

这天是双井小学欢度六一的日子，也是图书阅览室"爱心书屋"揭牌典礼的日子。

3

太阳从东面天际缓缓升起，高大的电视转播塔架矗立在山顶上。

东西走向的带状村庄，坐落在石景河南岸狭长的、起伏不定的干旱缓坡上，规划在盘甘公路两侧的农家，一个个屋顶闪着鲜艳的红光。

远处传来布谷鸟的鸣叫声，近处有灰鸽子在玉米田里咕咕咕地觅食，幼嫩的玉米秧儿上还闪着晶莹的露珠。云雀明亮的哨音忽然划过人的头顶，消失在蓝天深处。逆光中，两座叠影的罐罐馒头山直立在晨风中，仿佛一对情侣。山上长着短短的冰草，正在放花的冰草薹让山的侧影变得迷蒙而又轻盈。

站在高处俯瞰双井村，从东往西斜射过去的阳光照亮了家家户户半落地的大玻璃窗，家家户户都是花纹富丽堂皇的落地窗帘，家家户户都是棱角清晰的砖木起脊大瓦房。

站在高处俯瞰双井小学门口，俯瞰双井小学校园，俯瞰双井村道，师生、家长像勤劳的蚁群，来来回回忙碌着。时针指到七点半，大伙已经忙碌了一个多小时。他们要在客人到来之前把校园打扫一遍，把裸卷在地上的舞台背景布撑开，把昨天下午没有做完的准备工作全部做完。

昨天下午从首府银川来了一车爱心人士和一车捐赠物资，今天还有两车嘉宾要从银川赶过来参加庆典大会。

大会十一点才开始。有些早来的家长把孩子送进校园，自己又回去喂牛喂羊干家务去了。

村道上来来回回的人络绎不绝。

<h2 style="text-align:center">4</h2>

副县长去"爱心书屋"做调研已经是半个月以后的事了。

"爱心书屋"落成庆典当天，爱心人士代表一行六人，宁夏工商学院陈书记一行七人，海原县组织部、宣传部、教体局、乡村振兴局以及甘城乡政府一行十七人，还有双井小学一百多名学生，双井村一百多位村民也来了。

那天天气特别好。

凌晨四点半的时候，天际出现一丝白亮。远处传来公鸡打鸣的声音，羊圈里的羊还没有开始咩咩，晨风中，羊圈特有的气味已悄没声地翻过隔墙往校园里溜。不过，小学操场东面旱茅厕里的异味还没有升起来。

布置在离旱茅厕仅有5米的舞台，红地毯已经铺好了，只是背景布还裸卷在地面上。

茅厕旁边的太阳能路灯亮晶晶的。

不知道的人还以为这里之前就有这样一盏灯，其实这盏灯——连同校园内其他路灯是去年"教师节"梁书记组织动员爱心人士捐赠来的。

5

"布谷！！"

正在解手的梁书记被头顶树冠上掉下来的一声鸟叫惊了一下。

布谷鸟好像故意跟梁书记开玩笑似的，就那样冷不丁地"布谷"了一声就停止了。听不见它再布谷，也不见它从树梢上飞出来扇扇翅膀蹬蹬腿。灯光下，梁书记看不见布谷鸟究竟栖息在哪根高枝上，却看到舞台北侧已经悬挂好的一条标语出错了。

"欢乐和谐庆六一,激情飞扬献给爱心。"

后半句多了一个"给"字。

梁书记一看表,凌晨四点半。他想去叫醒季校长,又觉得实在是太早了些。

借着黎明的曙光,梁书记把校园里所有的标语又认认真真检查了一遍。

6

六点整,季校长就和其他几位老师爬上杆子往下拆那条问题标语。

校门口人渐渐多了起来,有学生,有家长,有三家小商贩,维持秩序的跛脚小素也混夹在里面。

不一会儿,校园里已经满是穿着演出服装的学生,有穿汉服的高年级小女孩儿,有穿运动短袖的高年级小男孩,还有穿着短纱裙、白袜子的学前班小女孩儿……他们一个个手里拎着零食和牛奶。

八点整,马老师已经把早点做好了。

宁夏工商学院来驻村的三位干部,除了第一书记梁军,还有一位是后勤处马金保老师,一位是电控学院辅导员韦春雷老师。平时三个人的伙食是由马老师负责的。马老师的宿舍,也是三位驻村干部的灶房兼餐厅。这天,马老师的伙食任务更重了,社会爱心人士孙大妈一行六个人押送着一车捐赠物资,头一天就已经赶来了。马老师安排六位客人先吃早点。

六位客人围着一张学生课桌吃着馒头，三个人坐在马老师的单人床上，三个人坐在学生凳上，感叹着驻村干部们不容易的生活。

九点整，年轻的乡党委书记一行五人也驱车来到了校园。

梁书记陪着乡党委书记参观了新落成的双井小学图书阅览室。

7

双井小学校园布局很整齐，从南往北被中央大道分成东西两半。

因为地势从校门口开始缓缓下降，所以最后几排房屋的地基全都是人工夯土垫高的。

中央大道缓坡顶端就是下沉式操场和环绕操场的树园子。

站在操场中央，会感觉校舍高高在上，操场陷在坑洼里。

东面最后两排房屋的西山墙朝着操场，墙上新近做了彩绘。一面描绘的是高高的天安门和鲜艳的党旗、茂盛的树木以及各族小朋友；一面描绘的是国旗、白鸽、向日葵和各族小朋友。向日葵上方用拼音书写着"BEIJING2022"，寓意是中国共产党第二十次全国代表大会2022年要在北京召开。

8

步上两面山墙中间的坡道，左手就是"爱心书屋"所在地。

一间图书室，一间电子阅览室，图书室和电子阅览室墙连墙，门连门。外墙上全都描绘着色彩柔和的卡通画，在几处比较突出的位置上，还写着"富强、民主、文明、和谐、自由、平等、公正、法治、爱国、敬业、诚信、友善"的标语。走进这里，一股浓郁的文化气息扑面而来。

进入图书室，靠墙全都是书架，书架顶端标注着"爱心人士捐助""西夏区九小捐助""宁夏工商学院捐助"等标签。地中央摆放着两长溜矮矮的学生阅读桌和阅读凳。桌凳上贴着小条：银川兴盛驾校、宁夏奥群科技有限公司。

年轻的乡党委书记看着眼前摆放整齐的图书，看着梁书记眼角的皱纹，看着梁书记为"爱心书屋"奔走劳累后疲惫的神态，心里满是感动，情不自禁地说："梁书记，成了！"

梁书记说："成了。也该退休了。"

梁书记明年就退休了。

"书记，宁夏工商学院的嘉宾来了！"

十点半，不知谁急吼吼地传话过来。

大家快步往校门口迎过去。

9

一辆考斯特，车头一点一点地从校门外拐进来，校园里的孩子们一边避让着，一边追撵着。

自动车门开了，宁夏工商学院陈书记一行依次走下来。迎接他们的地方干部站了两大排。大家握手、寒暄，热热闹闹地沿着中央大道一路往会场和"爱心书屋"走过去。

会场就在爱心书屋前。"爱心书屋"石碑坐落在山墙根，用红布包裹着。

参观爱心书屋的人们好像没看到蹲在地上的"石碑"，呼啦啦登上朝东的缓坡，涌进画满彩绘的院中院。

嘉宾们仔细地参观着、点评着。

会场上《运动员进行曲》连续不断地播放着，已经到会的学生和家长耐心地等待着。

10

来学校开会的家长们有的站着，有的蹲着，也有的席地而坐。如果不是摆放在"爱心书屋"石碑前面的一长溜条桌，外人无法判断主席台究竟在哪个方位。

假如把这一长溜条桌当成主席台，主席台后面阴凉处靠墙还蹲着一排群众。

主席台南面老槐树下袖手站着一堆人，都是衣着得体的年轻媳妇。

老槐树后面有一段一米多高的房屋台阶。台阶上全是荫凉，一些上了年纪的大叔大伯靠墙根坐着。有的大伯把鞋子脱掉，脚后跟踩着鞋面，脚指头摇着，很惬意的样子。

主席台对面横着一溜排下去，撑着四顶遮阳棚。遮阳棚下面一溜排坐着全校一百多个学生。高年级两个班的学生正对着主席台，低年级四个班像被风吹远了的飘带一般，一直飘到舞台那边。舞台背景布已经被拉伸起来了，后面遮挡着的，正是异味已经升起来的茅厕。

校园北面小树林离主席台已经很远了，小树林前面用超大气球吊起来七八条红彩带，彩带上印着爱心单位送来的贺词。一些学前班的年轻妈妈隐藏在小树林里，偷偷给怀里的婴儿喂奶。

《运动员进行曲》突然停了。

校园里的吵闹声也突然消失了。

不知什么时候，主席台上已经坐满了嘉宾，总共十五位。

11

主持人站在立式麦克风前噗噗吹了两下，面向槐树方向宣布：

"尊敬的社会爱心人士……尊敬的……"因为人

多，主持人一连说了七八个尊敬的，包括尊敬的父老乡亲。

全场掌声雷动。

掌声弱下来后，主持人又热情洋溢地宣布：

"2022 年双井小学'爱心书屋'落成典礼暨2022 年双井小学庆祝'六一国际儿童节'大会——现在开始！！"

全场再一次掌声雷动。

之后，主持人请事先安排好的四位嘉宾为"爱心书屋"揭牌。

12

四位嘉宾从椅子上站起来，走到石碑跟前。包裹石碑的红布上面缝制着四个竖起来的扣眼，四位嘉宾各自手捏一根小学生军鼓槌，小心翼翼地把鼓槌穿到扣眼里，郑重地挑着。记者把立式摄像机快速推送到石碑跟前，其他群众、来宾、老师、朋友们一个个围拢过来，端起手机，镜头对准激动人心的一刻。

四位嘉宾挑着扣眼，稳稳地、有节奏地、缓缓地挑起了包裹碑石的红布。石碑一点一点露出来了，原来石碑是一整块霞光原石。

这块鹅蛋形霞光原石大约有一米高，纹理色彩正如霞光照耀的天空，很绚丽，很独特。原石正面雕刻着"爱心书屋"四个红漆显影的大字，背面雕刻着

108 字的碑文。

13

"爱心书屋"揭牌仪式结束后，少先队员上台为嘉宾系红领巾。

嘉宾们全体起立，深深弯下腰，把脖颈送出去。

"向左转，齐步走！"

系红领巾的少年列队绕到嘉宾身后，准备给嘉宾递奖品。因为嘉宾还要给优秀少先队员颁奖。

颁奖仪式结束后，甘城乡党委书记上前致贺词。

随后海原县教育局副局长讲话。

再随后爱心人士孙大妈演讲。

当孙大妈讲到"能脚踏实地为'乡村振兴'办实事的党员是个好党员，是个优秀党员"时，台下的父老乡亲、老师学生、亲朋好友送来无比热烈的掌声。

最后，主持人宣布双井村第一书记梁军讲话。

14

梁书记稳重地从椅子上站起来，庄重地走到立式麦克风前，清了一下嗓子，用他那清亮而又浑厚的嗓音，大学教授纯正的普通话，一字一句地讲："尊敬的各位嘉宾……"又是好多尊敬的。学生们静静地聆听着，父老乡亲们静静地聆听着，双井村山山卯卯静静地聆听着，连远处牛棚里熟悉梁书记声音的西门塔尔牛都惊异地扭头朝向开大会的方向。

"在各级领导的关怀下，在宁夏工商学院的大力支持下，在各界爱心人士的鼎力帮助下，经过大半年的筹备，今天，属于我们双井小学的爱心书屋、电子阅览室诞生了！这是党的温暖，这是政府的关怀……最后，我把爱心书屋的碑文给大家宣读一下。"

梁书记从兜里掏出一张红纸，红纸上打印着爱心书屋的碑文。麦克风前面的梁书记，突然间显出大学教授站在讲台上给青年学生上课的姿态，一只手下意识地背到身后，一只手端着红纸，认真地、咬文嚼字地把碑文宣读出来。

扩音器把梁书记的声音送到半空中，送到对面山梁上，送到杜泊羊的羊圈里。

15

最后被请上台发言的，又是一位爱心人士代表。

当爱心人士代表讲了一句"大家好！"时，麦克风没有声音了。驻村干部马老师负责音响，他最担心的事情终于发生了。马老师慌忙跑过去，把备用手提小音响搬过来，慌忙连线，慌忙把小麦克风递给爱心人士代表。

"希望双井小学的同学们健康快乐！学习进步！"

小麦克风把爱心人士最后两句话扩出来了，全场又一次响起热烈的掌声。

主持人宣布"爱心书屋"落成典礼圆满结束，请各位嘉宾和家长朋友们移步观看精彩的文艺演出。

嘉宾们提着凳子往舞台那边去了，群众原封没动，只把头摆过去。

音响修好了，大喇叭又能工作了。

16

舞台上，四个主持节目的小孩儿站在红地毯上，声情并茂地说："大挑战也带来大机遇，我们应该因时而谋，因时而动，顺势而为。这段日子里，我们不仅没有放弃追求幸福生活的目标，而且愈加地努力……"学前班的小演员们在老师的带领下步上舞台，站在主持人的身后，准备演出。

主持人下去了，只留学前班小演员们站在舞台上等待音乐。

舞台前方横幅上写着"双井小学六一文艺会演暨爱心书屋落成庆典"。舞台喷绘背景布上印着"喜迎二十大，永远跟党走，奋进新征程"的大字标语。标语装饰图案是雄伟的天安门，洁白的华表，鲜艳的党旗，蔚蓝的天空。

妈妈们看着舞台上的小孩，赞叹地说："哎哟哟——那些碎的把人心疼的么！老师咋把大的放在前头咧，碎的放后面堵住咧。哎哟哟——羊羔羔一样。"

音乐响起来了，学前班的小孩欢快地舞动起来。

他们的老师站在舞台下不停地指挥着。

小孩儿跳得正欢实呢，音乐突然哑巴了。功放出了毛病。

小孩儿举起来的胳膊就僵在半空中，头扭过来扭过去地疑惑着，不知道该怎么办。

梁书记急得头上直冒汗。

中控台老师手忙脚乱地查找着原因。

家长在下面议论纷纷："哎呦呦——音响不给力么，把娃们晾在台上咧。"

突然，音乐又响起来了。在老师的指挥下，孩子们掐准节奏，又跳了起来。

虽然音乐磕磕绊绊，但学前班的孩子们总算跳完了。他们快快乐乐走下舞台，如释重负，一个个开始喝饮料、吃薯条，唇上的口红也不管不顾了。

17

一个看节目的爱心人士一边拍抖音一边解说："看看，这是去年爱心人士给孩子们捐赠的口琴，今年就能演奏了。他们演奏的是《小星星》。"

站在舞台上的十四位少年专心地吹奏着。琴声欢快而又清脆，响彻校园，响彻双井村的天空。

一个老爷子牙齿都掉光了，感叹地笑着说："咱双井村的娃娃能吹出调调儿了。"

宁夏工商学院给庆典送了一个节目——笛子独奏《牧民新歌》。青年教师嘹亮的笛声，穿越树梢，飞到很远的干旱山梁上，落在远处山梁上白色风力发电机的叶轮上。当他吹奏到高潮处，指头蛋儿震颤交替得飞快，简直就像蝴蝶落在花蕊上。

18

最后一个节目是《花样跳绳》表演。

梁书记说这个节目是专门为庆典打造的压轴戏，也是从这学期开始在校园推广的体育项目。前期聘请银川市西夏区九小老师来学校公益教练过，跳绳也是西夏区九小捐赠的。

节奏明快的音乐响起来了。孩子们舞动着跳绳，不断地变换着花样，挑战着难度，挑战着体力，舞台活力四射，仿佛万马在奔腾。

记者推着高脚摄像机忙得不亦乐乎。远镜头，近镜头，特写；观众席，嘉宾席；校园里的教室，操场上的篮球架，绑在落叶松上的红标语，缠在小树苗上的彩带；蓝天，白云，山峁，空中飞翔的鸟儿……见什么拍什么，什么都不想落下。

梁书记乐得合不拢嘴，戳着旁边的嘉宾询问道："您瞧，怎么样？"

19

湛蓝的天上，被风吹散的稀疏的小云朵高高地悬着，仿佛一动不动。

越过张老师家南墙，能看到近在咫尺的、矮矮的两个山峁，就像两顶新近编织的草帽顶儿，圆圆的，鼓鼓的，美美的。帽顶上一圈一圈的纹路，清晰又规范。浅绿色的，是人工栽种的药材树；浅黄色的，是野生的冰草胡子。冰草薹儿正在放花，花穗毛茸茸的，麦芒一样闪着银光。

20

梁书记坐在张老师家厨房台阶上，远离厨房门，乏塌塌地靠着墙。眼镜滑落在鼻尖上，毛茸茸的眼睫毛低垂着。台阶太低了，腿屈起来，膝盖快要抵着下颌了。梁书记也不说话，嘴闭得严严实实，好像为建造"爱心书屋"憋着的那股子劲还没有松懈下来。

妇联主任在大门外临时堆砌的泥灶台上盛粥，猛然看到靠墙休息的梁书记。

"这个人已经苦坏了。"

她自言自语地丢了一句就快步往厨房去了。再出来的时候，一只手提着一方矮矮的小炕桌，一只手端着一盘花卷，跟在她后面的两个闺蜜也都戴着围裙，一人手里端着两盘小凉菜。和先前端到堂屋里的菜品一模一样，一盘黄瓜，一盘豆芽，一盘木耳拌银耳，一盘眉豆。

她们把炕桌摆放在梁书记眼前，梁书记梦中惊醒一样，夸张地收了收脚说："慌啥呢。"

妇联主任隔空给村支书老杨暗示着，让过来一起吃。

老杨站在堂屋门口，抬着下颚示意知道了，却并没有立即过去，而是把头伸进堂屋，不住地观察屋内客人们吃饭的进度。

老杨穿着新买的深色细条纹短袖，一枚党徽醒目地戴在胸前。新短袖面料时新，带着弹力和光泽，把老杨富态的肚皮裹得圆鼓鼓的。他的任务就是招呼客人们用餐，沟通厨房和堂屋的信息。

21

堂屋里安排了三桌客人。围绕沙发茶几一桌，围绕高脚小方桌一桌，围绕矮矮的长条炕几一桌。大家坐得七高八低，一人一碗米汤，两个花卷，四样小凉菜不限量。都是外来参加庆典的嘉宾和朋友，大家也不见外。

堂屋半落地的大窗户镶嵌着整块双层玻璃。因为张老师是个文化人，女人又是村里的妇联主任，他家的摆设打眼一看很雅致。窗台上摆放着几盆耐旱的太阳花，花儿开得正艳。浅色的落地窗帘收拢在窗户的两侧，露出洁白的网扣纱。在隔断门的两侧，摆放着两盆田七，桃心形的嫩叶被藤蔓牵引着，攀爬在玻璃隔断的墙面上，像两幅轮廓清晰的工笔画，十分清新，十分好看。

不久，午饭结束了。

22

梁书记早早迎候在院里，他身后的小炕桌上摆放着刚才吃饭用过的碗筷。

"招待不周，条件实在是太简陋了。"梁书记笑呵呵地说。一顿米汤馍馍，花钱不多，和在银川请朋友们撮一顿差不多，梁书记一个人出了。

23

午休起来，从银川工会来的女画家被学生围了。

槐树下两张课桌一拼，画家的毛毡往上一铺，现场绘画教学就开始了。画家自由泼墨，边画边讲解，喜欢美术的学生里三层外三层地围着看。

不知什么时候，村里首富——老文趿拉着拖鞋，踱着方步走进校园，他家离学校最近。老文的装饰公司开在新疆，是十年前就盖了砖木大上房的人。他的穿戴、走手①和一般村民不同。特别是他走路的姿态，城里人饭后散步似的，很悠闲，很自在。他旁若无人地溜达到绘画教学现场，站着看了一会儿，又溜达走了。

绘画现场教学结束后，全校师生进入各班文艺大比拼环节。社会爱心人士代表孙大妈要去村里慰问困难户。根据实际情况，梁书记筛选了五家。

---

① 走手：方言，意思是举止。

24

第一家姓黄。这户人家属于监测户，住首富老文家隔壁。大家步行着过去了。

老黄家双开大铁门上有个小门，敞开着。

梁书记一勾头进去了。

"老黄，老黄在家吗？"

脸色蜡黄、身体干瘦的老黄一撩门帘从堂屋出来了。

梁书记说老黄肝硬化，也不能出去打工。去年他的妻子又查出肝癌晚期。家里还有一个老妈。

了解的，知道这家人的日子目前十分困顿；不了解的，觉得这家人的日子过得真是不错。

站在他家院里环顾一周，五间崭新的砖木起脊大瓦房——是借助政府脱贫攻坚补贴工程新盖的——比隔壁首富家的房子还要阔气。首富家房子盖起来有十年了，那时候还不流行这种很有派头的款式——半落地大窗户，窗户上全都是通框大玻璃。码在窗户两侧的窗帘和网扣纱花纹繁复，色彩鲜艳。所有玻璃擦得通亮。里面窗台上摆放着二尺高的盆栽绣球花，隔着玻璃，能看到花开了一朵又一朵，十分艳丽。

屋子石膏吊顶，顶灯辉煌。日常用品摆放整洁，干干净净。一面是大通炕，一面是案板锅台。案板上摆放着压好的面条，上面苫着笼布。女主人立着身子，拥着夏凉被坐在炕的一侧，看到一群人从门里涌进来，羞赧了一下，喜悦了一下，脸色一直白寡寡的。

"这位是孙大妈，代表爱心人士来看看你。"

随着梁书记的介绍，前一秒还在喜悦的女主人，后一秒就抹了一下眼泪，好像埋藏得很深的痛苦突然间从某个地方喷涌出来，使劲压都压不下去。女人轻声说："谢谢你们，谢谢梁书记。你看我……"这时女人哽咽了。

她可能想说"你看我这不争气的身体""你看我刚住进新房子""你看我倒霉不倒霉""你看我老让梁书记费心"……

"乐观些。好好养病，现在医疗条件这么好。"孙大妈鼓励说。

"嗯嗯……嗯嗯。"女主人嘴角向下吊着，回应着。

孙大妈简单地询问了老黄家目前的生活情况后鼓励道："一定要乐观。不愁吃、不愁穿，住得又这样好，病嘛，慢慢就好了。"

"嗯嗯，嗯嗯。"女主人嘴角依然向下吊，不好意思地把身子朝后挪了挪，满脸内疚和羞愧。

梁书记转头给老黄安顿着，让安心养病，搞好伙食，把几只羊操心好。其他的，不用担心。老黄含着胸，低眉顺眼的样子。

大家把米、面、油、牛奶放下就出来了，丢下老黄女人在大通炕上拥着夏凉被孤单地望着窗外。

来到院里，老太太拢着手从隔壁房子出来了。

梁书记就对老太太说："儿媳妇身体不好，您就多辛苦些。"

老太太拢在一起的手没有松开，慢腾腾地说："好着呢。前头老四媳妇来了，晚息的面条压好了。"生病的是她家大媳妇。

走出老黄家，大家心里沉甸甸的。夫妻两个年龄不算大，不到六十岁。男人干不成重活好几年了，女人又突然下不了炕。一家人除了一点庄稼几只羊，没有其他收入，日子全靠低保。

25

梁书记又安排孙大妈去看望九零后村民小买。

小买有六个孩子，丈夫是跑大车的，很能挣钱。去年丈夫出车祸，突然人就没了，撇下一家七口，一下子成了防返贫监测户。所以，只要上面有救助，梁书记首先想到她家。

两车人沿盘甘公路来到村西头。

村西头人家少，居住也零散。路两边几乎看不到人家。

下了盘甘公路，车子慢得像甲壳虫，狠劲从非常陡的坡道上往上攀爬，还要拐一个直角弯。过了直角弯，攀上高台，场院和人家就出现了。

"小买，小买在家不？"

梁书记站在场院中央大声招呼着。

住在这个高台上的，面对面有两家人，南面是小买家，北面是小买婆婆家。

婆媳两家都是崭新的起脊大瓦房，墙面上贴着淡绿色带花纹的瓷砖，外观气派、清爽。尤其小买家的铁艺大门，大得能进卡车。院内空地也很宽阔。砖混门柱顶部安装着两盏风力金属走马灯，大小跟箩筐差不多。下午三点的阳光斜射在走马灯上，走马灯不停地旋转，金属灯罩银光闪闪，湖面上的满月那样晃动不已。

场院里堆放着干草，有动力电杆、粉草机、蹦蹦车。

能看出来场院是两家共用的。

靠近崖畔，有牛圈和羊圈。

白花花的羊看到一大帮人进来，都拥挤在木头栅栏处向外探看。

听到梁书记的声音，两个院子里的人都出来了。

西面院儿里跑出三个小孩，两女一男，男孩八九岁，女孩一个五六岁，一个两三岁。

东面院里走出一位中年妇女，穿着米黄碎花雪纺衬衣，脸晒得黑黑的，手里端着筛子。

梁书记说："这位是爱心人士孙大妈，代表大家来看看小买。"原来她就是小买婆婆。

"小买到学校开会去了，没回来么。"

"会早都散了。"

"三个大的说跳舞要比赛，叫她妈跟着梳头换衣服去了。"

"快叫回来。"

"你们先到家里，屋门开着呢。"

三个小孩已经转身往院里跑了。

大家进得院来，看见一个屋门挂着门帘。梁书记上前撩开门帘，拧着门把手使劲推，没推开。

小男孩"咿呀呀"地拨开梁书记，双手按着门把手使劲拧着、推着，还是推不开。小男孩恍然大悟似的，转身噔噔噔朝正房对面的厨房跑去了。所有人都扭头看着小男孩的背影，健康、活泼、聪明伶俐。梁书说："可怜的娃娃，就是不会说话，已经上三年级了。前面二个都是女孩，为要男孩儿生了第三胎。第三胎又是个残疾娃娃，就又生了三个小的。"梁书记给大家介绍小买家的情况，就像介绍自家亲戚一样，满面愁容。

来慰问的爱心人士们默默地听着，也不说话。

远远地，小男孩已经把钥匙头调顺了，捏着钥匙跑过来"噌"地插进锁眼。

房门开了，七八个人涌进小买家客厅。

村支书老杨也来了。

小买家屋内装修和摆设非常阔气。

墙面上有顶天立地的沙滩风景壁画，地上有两套装饰豪华的大沙发，一套布艺的，一套皮革的。两套沙发靠墙摆放了一大圈。地中间有一盘火炕，火炕三面悬空，一面靠墙。靠墙的一面直立着两个厚实、松软的高背靠枕，高背靠枕之间有一面小窗户，窗户上蒙着喷绘布艺卷帘。

两个小女孩兴奋地在沙发上翻跟头、打闹，鞋子也不脱。

不会说话的小男孩夹在大人群里，聚精会神地抬头看看这个，望望那个，很精明的样子。

梁书记给小买婆婆介绍："我把你家老大的情况给朋友们讲了，大家一定要来看看。"

小买婆婆把孙大妈请让到炕沿上落了座。

梁书记介绍说："平时，小买带着最小的，在固原城里打工，其他五个孩子都撂在婆婆家。婆婆还有个小儿子，小两口也在城里打工。小儿子有两个小孩，一个上二年级，一个上三年级，加上小买四个大的，每天老伴开着蹦蹦车接送大小六个孙子上学，婆婆在家给八个孙子做饭。三家的牛和羊，全部由老伴照顾。"

在场的人听着，眼睛瞪得大大的。

一帮人临走的时候，小买戴着一顶夏威夷草编凉帽急匆匆从坡下上来了。

小买穿着一件黑色连衣裙，很漂亮的一个年轻媳妇。

孙大妈抚摸着小买的肩膀说："小买穿得真漂亮。"

小买说："去学校开会才换的新衣服。这衣服干不成活。"

孙大妈又拉起小买的手说："好好抓养你的宝贝孩子，这么多人帮衬呢，一切都会好起来的。"

小买眨着大眼睛，也不说话。

大家带着同情和无奈告别小买婆媳，下陡坡去了另外一家。

26

前一家住在高台上，这家又住在低洼处。

车子走起路来跟兔子下山一样，很不流畅。

天那么蓝，蓝得有些失真。失真的蓝天上挂着几朵白云，行走得非常缓慢，和表盘上分针一样慢。

就在这美丽的天空下面，一家人的院落出现了。

院落很宽敞，房屋也很气派，只是院落没有左邻右舍，孤零零的。

在这个孤零零的院落外面，有一个很奇特的木头单杠。单杠下面十字交叉固定着一个长条凳，凳面上绑着旧褥子，能看出来经常有人在上面起坐，旧褥子被磨得光溜溜的。

大家都不知道这个单杠的用途，有人还猜测可能是宰羊时用来挂羊只的。

等大家进到屋内，看到那个可怜的小伙儿，才知道单杠是小伙儿平时锻炼臂力用的。

这家有四个孩子，老大老二都是大学生，都已工作，老四在上初中。

老三自打出生以来，一直就是这个样子，不能下地走路，不能站，不能坐，只会爬，肚皮贴着炕面，终年爬着。两条没有发育起来的小腿，梅花鹿角一样在身后向上扎煞着，头能抬起来，但很不稳定，只有两条胳膊基本健康。

小伙儿看到这么多人拥堵到他的炕沿边，"手舞足蹈"起来。

他的爸爸，一个牙齿脱落了很多，身板看上去却很硬朗的高个子瘦老头儿，每天两次把儿子从炕上抱下来，抱到外面，搁在绑着褥子的长条凳上爬稳，再帮儿子把上肢吊在单杠上，让儿子做锻炼。

爸爸笑着对儿子说："梁书记看你来了。"

梁书记笑着说："水冲厕所用得咋样？"

"啊呀！方便得很！我的娃自己能解手了！"

原来借助农村"厕所革命"项目，双井村有十户人家破天荒用上了"水冲厕所"。在场的人听说农村还有"厕所革命"项目，非常惊奇。

小伙儿面前放着两部手机。

小伙儿很激动，嘴一张一张的，试图拿面前的手机，就是不会说话。梁书记就给大家介绍说："别看小伙腿脚不利索，脑瓜儿可好使了。会玩手机，识几个字。自己在手机上联系上了红十字会，留言要捐献自己的器官，红十字会派人来看望过了。"

在场的人心酸得想落泪。

孙大妈已经说不出一个字来了，疼惜地望着小伙儿。

小伙儿住的这间房子有三面窗户两个门。

一个门通向父母的卧室，一个门通向小伙儿锻炼用的自制单杠。

一面窗户和父母的房间相通，另外两面窗户能看到室外所有景物——一个蔬菜温棚，一片山梁，广阔的天空。

看望小伙儿的人来的时候，两面落地窗帘恰好没有打开。柔和的光线透进来，房间里温馨、柔软、封闭，很像"婴儿房"。

也许在父母心里，小伙儿就是他们永远长不大的婴儿吧。

2022年6月1日，小伙做直播赚钱的事大家还不知道，所以走过以上三家，大家的心情越来越沉重。2023 年的某一天，甘城乡接到税务局的电话，指明双井村有一位残疾小伙儿做快手直播供货，年收入已达到二十万。按法律规定，需要征税。几位乡干部以为弄错了，赶忙跑去调查，小伙的姐姐说："我弟是我家最有钱的。"

27

到第四家，心理承受能力弱的人，都快要"啊！"地一声喊出来。

"嗷！嗷！歹见！歹见！"

"悄着！"

老马 22 岁的儿子，一个人高马大的小伙儿坐在炕上跟梁书记喊叫着再见，老马生气地呵斥着。

老马是上一任村主任。他的小儿子长到两岁时，突然得了怪病，病好了就成眼前这个样子。智力不行，走路也不行了，而且随着年龄的增长，越来越不行。一下炕走路就要跌跤，跌跤起来胳臂腿便蹭破了。

一说到跌跤起来胳膊腿蹭破了，老马的宝贝儿子马上把袖口撸起来，指着胳膊肘上的伤疤说："呀！呀！呀呀！"这个宝贝比上一家语言能力好，能简单地说几句话，但是不会控制音量，人离他那么近，他说"呀呀呀"用的音量，跟粗嗓门的大男人站在山梁上喊话一样，大得吓人。

"两岁前好好的，满院子跑得腾棱棱的，病好了，就成这样子。"

老马老婆边送大家出门，边给孙大妈介绍着。

回头再看老马家的住宅，跟前面几家有些不同。

前面几家都是借助脱贫攻坚补贴政策新盖起来的红顶子大瓦房。相比来说，老马家的房外观要陈旧些。因为他是村里先富起来的人家之一，房屋修缮翻新得比较早，不符合脱贫攻坚补贴政策，没有重盖。仅从住房条件上判断，好像他家日子不行，但其实不然。不过他这个儿子没有劳动能力，村委会还是很照顾他家的。面对爱心人士送来的礼物，他的儿子非常开心，嘴里"耶耶耶"地使劲表述着，急切地把裤管撸起来让大家看他的伤疤。见孩子对客人们如此热情，老马表情冷冷的。临走时，孙大妈招呼老马儿子说："小伙子，再见！"小伙听懂了，高兴地扎煞着大手，大声大声地喊："歹见！歹见！"老马用眼睛挖儿子，恶声恶气地阻止说："悄着！"

28

别看双井村不大，从村东到村西，住家的人相隔十几里路呢。有十几户人家远远地住在马广台那边。马广台离盘甘公路比较远，在河对面一块平缓的旱塬上。民国时候留下来的马家城堡遗址还在。车子下了公路，上了村道，七拐八弯地要走十几分钟才能到城堡跟前。

大家最后要去的这家离城堡遗址不远，这家没有院墙，只有五间上房。上房旁边是牛圈和羊圈，院内杂物摆放比较凌乱，屋门口竟然堆放着几件旧衣服。

　　"这个王女儿呀，说过多少次了，就是不拾掇卫生。"

　　梁书记觉得面子上有些难看，好像自己家没有拾掇干净那样，自责、尴尬地自言自语。

　　正说着，身后传来"突突突"的摩托声，是王女儿和她丈夫鹞子回来了。

　　"王女儿，叫你注意卫生，你就是不听。"

　　"嘿嘿嘿，梁书记，昨天刚拾掇过，今天又乱了，一忙就忘记了。"王女儿怀里抱着大西瓜，一只手腾出来捡拾屋门口的旧衣服。鹞子推搡着媳妇说："行咧行咧，懒婆娘早干啥呢？赶快开门。"

　　进屋一看，大通炕、灶台都很凌乱，冬天用过的烤箱也还没有撤去。再看看四周墙面，黑乎乎的，竟然是粗糙的砂灰，并没有刮白色灰浆，好像房子盖到这一步，资金链突然断裂了。

　　王女儿给大家切西瓜吃，大家也恰好走渴了。

　　梁书记介绍说王女儿家四个孩子，老大大学毕业在银川打工，老二在吴忠上幼教，老三在海中上高三，老四六年级，先天性癫痫。家里经济比较困难。村上给鹞子安排了公岗，每月有一千多的收入。马广台原来有个小学，后来撤并了，只保留一个学前班，现在有四个学生，一个老师。学校安排王女儿给这五个人做饭，也有一点收入。

王女儿站在地上不断地搓着双手。

有人看到房子西墙上有个通框小窗户，强光从玻璃后面透过来，很诱人，连那面墙也显得不粗糙了。好事的人走过去一看，呀！窗户通着牛圈，几头西门塔尔牛正回头瞅着窗玻璃上的几张人脸。

从王女儿家出来，你会感觉天空好高。王女儿家山墙上高耸着一个电杆，电杆上背靠背安装着三个银灰色的高音大喇叭。

原来鹞子还是马广台这边的专职播音员。应大家的要求，鹞子打开了功放，想展示音乐播放，没有成功，只在扩音器上喊了几句话："谢谢大家的爱心，欢迎大家光临。"高音喇叭上传出的声音，比学校开大会的声音更清晰、更响亮。

"王女儿，东西少归少，卫生还是要重视呢，不能撒懒。"临走前梁书记又回头叮咛王女儿。王女儿依旧使劲搓着双手。

29

宁夏工商学院来的嘉宾午饭结束后返回银川。海原县和甘城乡来的人也都已经回去了。最后离开双井村的，就是爱心人士代表孙大妈一行六个人。

梁书记站在双井小学门口，向大家挥手告别。

透过车窗，大家看到梁书记疲惫的身影越来越远，越来越小，最后消失在新栽的道旁树里，消失在弯如蚯蚓的盘甘公路边，消失在沟壑错综交织的小山村里。

明年秋天，梁书记的驻村生活就要结束了。

三年五头牛

1

天黑前，那只白猫怯怯地靠了过来。

屋檐下放着一方矮矮的炕桌，全家人正围着炕桌吃晚饭。

房子是坚固的政府补贴房，上下圈梁，一砖到顶，两门两窗，前年才刚盖的。

盖房，王女儿主张门和窗的布局岔开，一门一窗一门一窗，男人不同意。王女儿就笑男人说："把两个门挤到一起，小心你从孙子房里进去了。""想得美。孙子在她妈腿弯子里转筋呢。"王女儿只是因为盖新房高兴，嘴上和男人开玩笑罢了。至于娶儿媳妇的事，的确还远。大儿子17岁，秋后上高三；小儿子12岁，秋后上初一。

一栋红顶子大瓦房，宽宽两大间，相当于过去的四大间。东西两边两个落地大玻璃窗，中央紧挨着两个进户门，门上钉着中开门防蝇帘子。

屋檐下院灯开着，屋内顶灯开着，牛舍内的壁灯也开着，到处灯火通明。

站在院子中央看，落地玻璃窗和商店的橱窗一样，很是好看，有些诱惑，又有些宣传展示的意思。紫色落地窗帘很妩媚地拢在一侧。隔着薄薄的窗纱，看不清屋内的陈设，隐约能看到长方形吸顶灯的轮廓。灯盘中心攒着密集的 LED 灯，颗颗闪闪发光。

院灯周围聚集着许多小飞虫，大的，小的，圆的，长的，肥的，瘦的……有的翅膀细长，有的翅膀椭圆，有的看不清翅膀，却在乱嚷嚷地飞着，争抢着。王女儿抬头看见了说："哎呀！来了一个连。"大儿子说："一盆水能全给它收了。"

"不要用手抓！不要用手抓！"

王女儿的两个外甥女来姨娘家做客，小外甥女正在上大二，大外甥女结婚了，是三个孩子的妈妈。大外甥女的两个大宝贝都是女孩儿，一个上二年级，一个上一年级。最小的是个男孩，才两岁多，正在妈妈怀里吃饭。妈妈喂一勺，小男孩儿吃一嘴。

小女孩儿想从盛羊羔肉的大瓷碗里往出捞肉，小勺子怎么也捞不上来，就把手伸了进去。

"快给帮一把，不要让用手抓啊！"王女儿催促着。

王女儿男人这才把骨头丢在碗里，腾出筷子给小外孙女帮忙。

2

白猫怯生生地蹲在一边，望望这个，望望那个，没人理睬它。

围着炕桌坐的有五个人，王女儿男人，大外甥女娘母四个，这五个人坐着小塑料凳，比较正规。王女儿的大儿子，二女儿，二外甥女，还有王女儿本人，一字排开，坐在房屋水泥台阶上，手里端着饭碗，很随意。水泥台阶晒得热热的。

"耐娃咋不吃饭？"

王女儿的小儿子叫耐娃，二姐问二弟为啥不吃饭。二弟背靠着门框，一只脚不住地踢着地，也不回答，眼珠子转过来转过去地瞅瞅这个，瞅瞅那个，好像没听明白似的。

放在平时，全家吃饭的人只有三个：王女儿，王女儿男人，还有他们的小儿子耐娃。

大女儿大学毕业了，在银川一家医院当了临时工，一个人在银川租着房子住。

二女儿在宁夏民族职业技术学院上学，学的是小教专业，还没有毕业。

大儿子在海中，住校，节假日才能回一趟家。

上学的上学，打工的打工，四间崭新的大瓦房总是空空的。要不是圈里八头西门塔尔牛给人做伴，住进这个没有院墙的山区小院，人会感到孤单。

小儿子耐娃一出生就患有癫痫，常年服药。服药后见效了，大半年不犯病，只是人看上去越来越痴，很少说话。

七月份宁夏工商学院驻村干部组织四年级和六年级学生去银川研学，研学总结分享会上，轮到耐娃，他站起来，就和现在一样，眼珠子转过来转过去地瞅瞅这个，瞅瞅那个，好像没听明白似的，说不出一句话。一个机灵的同学站起来说："我给耐娃翻译。耐娃你说。"耐娃笑着看看机灵的同学，嘴唇撅一撅。同学翻译说："动物园。"再撅一撅，同学翻译说："猴子。"他俩把同学和老师都惹笑了。带队的梁书记也跟着笑了。

很少说话也许跟耐娃听力差有关。耐娃虽然戴着耳蜗，但是听力还是赶不上别人。

去年冬天，耐娃的脚掌上又生了一枚血管瘤。看了好几回医生，医生都说位置长得不好，做不了手术，只能保守治疗。爸爸打算经济条件好起来，就带孩子去外地大医院再看看。

有时候，王女儿也会偷偷后悔，后悔当初不该听男人的话生第四胎。男人总在她耳边悄悄说："一个儿子太单了，再生一个哥俩做个伴。"她就怀了。

省级大数据筛选结果下来后，王女儿家确定为双到户。

王女儿家是驻村第一书记梁军一对一的帮扶对象。

3

夏夜，王女儿一家正在院里吃晚饭，梁书记开着他的小汽车来了。小汽车大灯发出的强光照着攀爬崖畔的土路。短短一截土路陡坡，像一个大写的英文字母 C，一头连着硬化的水泥村道，一头连着王女儿家没有围墙的院子。小汽车爬进院，前灯探照灯一般，把吃饭的一伙人扫射了一圈，最后落在院内唯一一棵枣树树干上灭了。坐在屋檐下吃饭的一圈人眯缝着眼睛，停下了咀嚼，只有大白猫不理不睬地低着头使劲啃小女孩儿丢给它的骨头。

"呵！人多啊。吃啥好东西呢？"

"豆豆饭。快坐下吃。"

"啥豆豆饭？"

王女儿拉过一把学校废弃的学生凳，用抹布擦了擦，请梁书记坐下。大外甥女一看驻村干部来了，抱着孩子端着饭碗往房门台阶上挪过去。

坐在学生凳上的梁书记看着炕桌上一盆快吃完的羊羔肉和一碗豆豆饭直纳闷："客人来不给让羊羔肉，让豆豆饭。啥豆豆饭比羊羔肉还金贵？"

"羊羔肉一年四季经常吃，豆豆饭一年只吃一次。"

原来这天是姑太节。

王女儿讲述了吃豆豆饭的来历，在场的人听得津津有味，好像他们从来没有听说过。只有梁书记不以为然地说："呵！我以为啥豆豆饭，一样一样，我们叫腊八粥，你们叫豆豆饭。吃过的。"

王女儿要给梁书记盛豆豆饭，梁书记说他已经吃过了，肚里没地方。王女儿又去小园里摘了几个小香瓜。

大白猫把一块骨头啃光，眼睛滴溜溜地瞅着炕桌，还想吃的样子。

王女儿踢了大白猫一脚，大白猫打了个趔趄，惊恐地拖着尾巴调头窜到院灯照不到的地方隐藏起来。

"哎呀，啥时候又养了一只大白猫。"梁书记惊讶地说。

"不是我姨奶养的，是野猫。"

两个小孙女儿说着，端起自己的碗去找大白猫。

4

"呀！哪里柴火着了？"梁书记鼻子嗅了嗅惊恐地念叨。

一股柴火烟味从牛圈那边不断飘来。其他人纹丝不动，梁书记第一个敏捷地跳起来就往牛圈里冲。

春上，六娃子家秸秆起火了，是他家小孩玩火点燃的，还算发现得早，驻村干部组织扑救及时，没有闯大祸。那是梁书记有生以来第一次目睹村里起火，真是吓坏了。

眼见着柴火味浓浓地往这边涌，王女儿男人不紧不慢地说："苍蝇太多了。"

冲进牛棚的梁书记看见一堆枯秸秆冒着死烟。牛棚大灯亮着，牛在吃料，蝇虫乱哄哄的。墙上贴着一片苍蝇粘，黑黑的附着许多死苍蝇，也有刚粘上去的，翅膀还一扇一扇的。原来王女儿男人喂牛的时候看到蝇虫实在太多，特意弄了烟堆，想熏一熏。牛眼睛不停地眨着，眼泪汪汪，嘴唇动着还在嚼草，一副向梁书记申冤诉苦的可怜样儿。

"吓我一大跳。熏苍蝇应该点白蒿子，枯秸秆恐怕没效果，不要把牛肺呛坏了。"

梁书记从牛圈往出走的时候，两只手下意识弹着自己的衣襟，好像要拂去骤然涌到嗓门眼的紧张情绪。

"白蒿子山里才有，天太晚了。"

"我也就说呢。你家晚饭吃得太迟了，牛也喂得太迟了，你看都快九点了。"梁书记坐下指着手腕上的表盘说。

"他下午去村上了，回来迟。回来又起圈、垫圈，起罢垫完才喂上。"

梁书记转头看了一眼牛圈门，王女儿家农用蹦蹦车停靠在那里，车厢上搁着一捆鲜嫩的玉米秸秆。

"牛吃的玉米秆儿？"梁书记问。

"没有，玉米种得太稠了，没结棒子，我拔了。"

"哦。牛的草料够吃不？"

"够吃。隔一天吃一天，节省得很。"

"隔一天吃一天？啥意思？"

原来昨天大小八头牛一整天都没有人去饲喂！

"他昨天一天都没着家，我不会使唤粉草机。"

"啊呀！王女儿呀！你不会使唤粉草机就不喂牛？就是用刀砍，也得把草砍了把牛喂上。怎么能让牛饿肚子呢？！"

"就是。牛饿一天十天都补不上。"王女儿男人低着头喃喃地说。

梁书记突然意识到在喂牛这件事上，王女儿两口子可能在扯皮。照这样扯皮下去，她家死牛的事情还要发生。

去年冬天，王女儿家死了一头大犍牛。

大犍牛活着的时候，王女儿给它录了好多视频，发了好几条快手。大犍牛该出栏的时候，几个牛贩子早早到家里来做记号，贩子出一万八九，王女儿男人要两万二三，生意没谈拢。奇怪的是从此以后，熟悉情况的牛贩子一个都不来了。大犍牛在牛栏里白白站着，耗着。一晃三四个月过去了，漂亮的大犍牛还没有遇到好买主。该出栏的牛没有出栏，白白又贴了许多草料。

更令人气恼的是大犍牛突然死了。

早上，王女儿去牛棚拍视频，进去"哇"地尖叫一声就跑了出来。

"赶紧！赶紧！"

王女儿男人爱睡懒觉，听到女人的尖叫，迷迷糊糊爬起来，半晌才弄明白。裤子都没穿，披着大棉袄就往牛圈跑。

头天他撒懒没有起圈，牛粪、牛尿湿哒哒地踩了一圈。黑犍牛倒在屎尿堆里，其他牛好像没看见似的，从它头上踩过去，从它肚子上踩过去，把黑犍牛黑缎子一样的皮毛踩得不成样子。

王女儿的眼泪不住地往下淌，小河一样止不住。

和保险公司联系好后，保险公司开着大铲车来了。

他们查验了黑犍牛的尸体，拍了视频，确认黑犍牛完全死亡后，用铲车把黑犍牛拉到土沟深处，在那里挖了一个大深坑，把黑犍牛丢进去，浇上汽油，一把火点了。

全程都是录像。

王女儿这才知道保险公司人手里一直提个汽油桶要干吗。

火烧起来了，王女儿想大声哭号。她可爱的黑犍牛，模样好看，皮毛好看，哞叫声好听，还有一双会笑的大眼睛。她拍视频的时候，黑犍牛最会配合，总是把头抬起来，左面摆一下，右面摆一下，还要"哞——"呼唤一声，好像在电影学校受过专门训练。

黑烟冒了好长时间，录像机一直没有停止。烟火渐渐熄灭了，保险公司工作人员用铲车把周围的土铲起来，一下一下把黑犍牛的残骸掩埋了。掩埋过残骸的虚土，铲车开上去轮子来回碾压了几遍变瓷实，录像机才收了镜头。

他们在保险单上签了好多处字。

保险公司做了理赔。

最后他家损失了将近六千。

黑犍牛喂赔了。

"你们两口子老扯皮不行呐，两个上学的，一个看病吃药的。迟早两个媳妇儿你得娶，彩礼又这么高。你现在还背着二十万的贷款。再不敢扯皮推诿了，要给自己做计划，打精神。王女儿，你现在也要学习呢。"

王女儿一听到"学习"两个字，眉头皱了起来。

"不要一听学习就皱眉头，女人怎么了？女人不能只围着锅台转。现在也要学着使用带机械的东西。你看你，到现在三轮蹦蹦不会开，粉草机不会使，未来还要让牛场实现现代化，人开着铲车起圈、垫圈，开着上料机给牛拌料、上料。你不学，你不学指望你家掌柜的一个人能行不？他一个大男人，还要在外面扒光阴，家里这一摊子谁操心？谁出力？你不学习，你靠谁？你等谁？你不见李有宝的女人，人家年龄和你差不多，粉草机、蹦蹦车、柴油机犁铧，样样拿手。"

王女儿听得有些不耐烦，从盘子里挑出一块瓜往梁书记手里硬塞。

梁书记接过来又搁在盘子里。

梁书记在给大家上政治课，除了三个小孩儿蹲在院里喂大白猫，其他人都围拢过来认真地听着。大外甥女看见姨娘听得不耐烦，用胳膊肘子戳了一下她的腰。

"现在政策这么好，习大大都讲了，好日子是奋斗出来的。男人奋斗，女人也要和男人配合着奋斗。你前面还给我讲阿里打仗的故事，是不是阿里妻子也在帮助丈夫稳军心？"

王女儿眉头皱得更紧了，使劲用眼珠子戳男人。

"嗯嗯。梁书记，她胆子小，粉草机功率大，皮带一转，她就害怕，慢慢来。我准备再拉十二头牛，申请都交了。下午我去村委会。村主任安排了五个人，管吃管住，连来带去得一周，到通辽拉牛。"

乡上给双井村又拨了 210 头贴息西门塔尔基础母牛，都有补贴，拉十二头牛回来，相当于只出九头牛的钱。

"好吧，我也就不多说了，只要你俩配合好，我想几头牛的事，问题不大。这次十二头牛要是能批下来，加上现在存栏的八头，秋后你就有二十头牛了。好好操心，习大大都说了，好日子还在后头。"

"吃瓜么，说得嘴干的。"王女儿又往梁书记手里塞瓜。

梁书记接住瓜说："说正事，今天来主要是想问问你家还有啥需要帮助的，对政策满不满意，各项补助款都按时打到折子上没有。过几天县上要进户检查，不要到时候人家一问三不知，连第一书记的名字都不知道。"

"满意，还有啥不满意的。墙上贴着呢，天天照着背呢：梁书记，马老师，韦老师。"王女儿半开玩笑地说。

为了工作方便，梁书记把驻村工作队三个干部的照片打印在 A4 纸上，对应位置写着他们的名字和电话号码，让双到户人家贴在墙面上，目的是家里、牛圈里有啥突发情况，能随时联系。王女儿把驻村干部信息纸贴在放锅灶的墙面上。信息纸是黑白的，三张照片上的人就像三个黑脸灶王爷。

"背着就好。驻村队工作干得好不好，全靠你们一张嘴，好也是你们说了算，赖也是你们说了算。"

不知什么时候，大白猫又怯怯地凑到炕桌前，几个小孩围着大白猫，还用小手在大白猫头上捋着，抚摸着。

"不要摸！有猫癣！有传染病！"王女儿照猫头拍了一巴掌，把大白猫打跑了。几个小孩儿就又去玩其他游戏。

外甥女出出进进把饭桌早都拾掇干净了，又端来一盘酥馍摆上去。

梁书记说他要走了，咬了一口香瓜，站起来，边走边吃上了车。

5

月亮还没有升起来，满天星斗，石景河两岸的山梁轮廓清晰，剪影一样。半山腰公路上跑着一辆超长半挂车，半挂车上布满了夜行小彩灯，小彩灯像摆布均匀、落在人间的红色星宿，缓缓移动着。河岸两边靠近山梁的缓坡上，一大片一大片玉米林隐现在夜色里。山路边上也尽是玉米林。随着徐徐的夜风，玉米林的清香气不断飘出来，飘向河谷。半山坡上零零星星住着几户人家，人家夜灯也零零星星的。

梁书记的车灯放射出一束强劲的直线光，照着前面的山路。走在转弯处，车灯扫射在近处的玉米秆上，能看到玉米棒子正在灌浆，头顶吐出的花蕊像女孩儿的刘海。梁书记瞄了一眼玉米缨，自言自语地说："好庄稼。赶快下雨啊！再不下玉米棒子就秕了。"

去年老天大旱，玉米秧长到齐腰高就死苗了。今年几场雨下得好，山区玉米长势喜人。不过，最近又连续干旱了好长时间，眼看玉米叶子要打卷了，若再过五六天仍不下雨，秋后玉米棒子就要出现斑秃。

梁书记一路走着，一路看玉米，想着乡上给村里下拨的 210 头基础母牛。这 210 头基础母牛究竟落实到谁家去喂养最可靠，不好定夺。王女儿男人要拉十二头，可是他家能行吗？梁书记是他家一对一的帮扶干部，对他家比较了解。要说经济收入，的确很困难，但他担心两口子如果不能很好地合作饲喂就崩盘了。

梁书记一路上都在想如何让王女儿家致富的事情，不到 20 分钟，就回到了双井小学。

6

送走梁书记，王女儿两口子也开始讨论十二头牛的事情。

"你好好吹，再拉十二头，钱在哪里呢？"

王女儿家目前有大小八头牛，按照一头牛两万算，就是十六万。这八头牛中的五头基础母牛是国家贴息贷款买来的。假如把八头牛全部卖出去，还得给国家还三万，手头净落十三万。但是，她家近几年又是供大学生，又是盖房子，又是给小儿子看病，男人买摩托又烧油，乱七八糟拉了十五万的账。国家补贴房盖好后，因为没钱，内部装修没有做，墙面都没有处理好就搬了进来。

原来的旧房子失火烧坏了。

当时王女儿在旧房子给手机充电，时间长忘记了，手机爆炸了，房子也着火了。村上嫌弃火烧过的旧房子一副破败相，严重影响村容村貌，请来推土机把旧房子废墟推平了。旧房子里拉出来的旧衣服破家具，经过妇联主任李委员的劝说，王女儿一把火都点了，灰土埋在地底下，上面压着黄土。

牛喂了两年，都卖出去，自己还有将近两万的外债。如果再拉十二头牛，就算只出九头牛钱，也得四万块钱。外债又增加了。

账啥时候能还清呢？

大儿子明年就要高考，考上就得花钱……

王女儿男人说："村上给咱们算得好好的，到你这里账咋就不对了？"

两口子又开始细细算。

假如拉来一头小牛，五千元，这五千元是国家贴息贷款。再过两年，牛长大了，能卖两万，挣一万五千元。一头牛两年饲料能吃五千元，减去饲料钱，一头牛两年赚一万。十二头牛，两年就能赚十二万。一个月平均收入五千元。

"噢，对了。村支书说了，养牛养乳牛，三年五头牛。我拉的都是基础母牛，十二头牛喂两年就成二十四头了。再喂两年，哈！我发了！"

王女儿嘴一撇："你的牛圈呢？谁操心你的牛呢？你一天跑村上不着家，我还要去学校做饭呢。"

王女儿两口子都有公益岗。王女儿在马广台教学点上给四个学生和一个老师做饭，男人在村委会做干事。两口子每个月公益岗能收入两千多。

7

夜深了，大白猫斜斜躺在热烘烘的房台阶上假装睡觉。趁人不注意，翻起身偷偷溜进屋，卧在铁炉子旁边。它想当家猫。

地面贴着瓷砖，有几个粪牛溜进来在瓷砖地上到处乱走动。瓷砖地面光滑，粪牛的趾爪踩在上面直打滑，和人穿着塑料鞋在冰面上行走一样，走一步，退两步。至于苍蝇，带着翅膀，到处乱飞乱撞。灶台上苫着一截纱布，勉强对抗着苍蝇对食物和灶具、餐具的祸害。有个别粪牛趁人不注意，糊里糊涂爬到炕上，钻进被褥里。看到粪牛撅着尻尾往被褥缝隙里钻，两个在银川城里长大的小女孩惊得直叫唤："妈呀！黑虫子钻进被窝啦！"虽然是夏季，王女儿家冬天取暖的炉子并没有撤去。他们觉得一年一年挺快的，转眼冬天就到了，不用把炉子搬来搬去的。再说了，铁炉子安装在地上，也算是个摆设，不然地上啥都没有，太空洞了。

屋内四面墙壁都没有刮白灰浆，看上去有些瘆人。但相比过去老屋子的墙面，又觉得高级多了。过去老屋子里的墙面是黄泥抹的，表面糊了一层报纸。报纸不经晒，时间一长就黄不啦叽的，很不好看。现在农村盖房已经不刮白灰浆了，直接装墙面板，装起来快，装修出来也洋气结实。他家房屋盖成后，已经没有钱做后期装修了。老房子又失了火，急匆匆搬出来，毛毛草草住了进去。

王女儿和大外甥女娘母四个睡一个屋。这个屋里有一个非常长的炕，能睡十个人。另外还有一个双人床。炕和床之间夹着一个小过道，过道顶头墙面上有一个小窗户，窗户外面就是牛舍。窗玻璃上爬着好多奇奇怪怪的小飞虫，有的小飞虫样子非常好看，像穿着淡绿色裙子的小公主。没有睡觉前，两个小孩儿，还有两个大学生，一个高中生，都趴在玻璃上看飞虫，隔着玻璃喜悦地敲打着飞虫的趾爪，和飞虫逗乐。

二女儿、二外甥女、大儿子、小儿子，四个年轻人睡一个屋。

这个屋也有一个非常长的炕，能睡十个人，另外也有一个双人床。在房拐角预留出来做洗漱间的位置上，堆放着西瓜，西瓜边上又丢着几只旧鞋子。

王女儿男人睡在储物用的彩钢房内。

院里有一个彩钢板搭建的储物间，储物间地上铺了一条旧褥子。天气热，王女儿男人觉得睡在地上比睡在炕上凉快。

8

其他人都睡下后，王女儿才睡的。

睡了好长时间，大外甥女儿醒着，王女儿也醒着。

"姨娘，我想回来呢。"

"银川不好？"

"咋说呢，以前我们结婚的时候不是买了一套二手房嘛。当时买房的首付就是借的，后来又是月供，开始我也有一点收入，后来有娃娃顾不上，就把工作辞了。"

"我听你妈说你女婿一个月一万多呢。"

"哪里一万多，七八千。现在腿上全是静脉曲张，疙疙瘩瘩的，我都不敢看。这个病不能长期站，他是厨师，不站又不行。我让去医院看，他不去，还不是怕花钱。他的工资除了养活我们一家五口人，每月上完月供，根本就剩不下。首付借人的钱时间太长还不上，就把房子卖了。"

"房子卖了？你妈知道吗？"

"不知道。没敢给我妈说。"

"现在住哪？"

"租的。"

"哎呀！挣点钱都交房租了。"

"就是。老大学习还行，老二总是叫家长，老师把我骂的，我气的。我给老师也说了，她能学到啥程度就到啥程度，我能辅导她？我也不会呀。为娃娃的学习，有一段时间我都抑郁了。老大不用我讲，在学校就学会了，老二我讲死她都不会。老三出生以后，我也顾不上给她讲了。老师在班群里总点我的名。"

"不行你把娃带上回来算了。咱们双井小学现在搞得很好，去年，今年，都带学生上银川研学去了。"

"我也是这样想的。我的一生都消耗在带娃娃上。以前我还注意打扮打扮，现在你看我，姨娘，身材没身材，皮肤没皮肤，好衣裳没好衣裳。"

"比起我年轻时，你们现在好到哪里去了。"

"咦，你没见人家城里人，一开家长会，一个个穿的、戴的，跟电视里走出来的一样。人家娃爹妈都有稳定收入，还有爷爷奶奶，姥姥姥爷，都是有退休金的。人家娃娃吃的啥，穿的啥，住的啥？比较太大了。"

"这个你说得对。我到银川街上，看到商店里的衣服，一件就几百块上千块，咱们根本买不起。"

"我心理压力太大了。到咱们乡下多好，银川啥我也看不见，听不见，我也不比较，还能轻轻松松活几天人。不然我就郁闷死了。"

"你妈去青海摘枸杞多少天了？"

"快半个月了，我回来都快20天了，我妈说她要摘两个月呢。一下能收入六千块钱，秋后也准备喂牛呢。"

"你回来也拉几头牛喂上。"

"我也是这么想的。你看你家定成双到户多好。"

……

娘母两个聊着聊着睡着了。

9

一觉醒来，南面的大落地窗亮了，西面连接牛棚的小窗户也亮了，但屋内依然黑乎乎的。

躺在炕上看窗户，仿佛坐在电影院看电影，窗户就是布满景致的大银幕。

透过玻璃往外看，瓦蓝的天空，灰扑扑的山梁，零星的房屋。印花透视双扇玻璃门，白天从外往里看倒还不怎么引人注目，甚至有些俗气，无非就是门头窗玻璃上印制着一枝牡丹，双扇门玻璃上印制着一丛长叶片吊兰。清晨时从内向外瞧，这几块印花玻璃完全变了模样，水晶石一样晶莹剔透，让人觉得这不是凡俗人间房屋的玻璃门，倒像是天宫的门户移到了人间。那几处印花，好像剪纸，又好像白描，比剪纸立体感更强，比白描色彩感更浓。牡丹花瓣上的金丝边借了晨光的晕染，暗暗地闪现着金色；草绿色的兰草叶儿借了晨光的晕染，暗暗地闪现着银色。因为没有屋檐的遮挡，朝着牛棚的小窗户就把干净瓦蓝的天空切出一长溜投放进来。切除天空的线条，硬朗、工整、又笔直，和土坯黄泥房子窗户切除天空的效果完全不同。这些线条坚固、刚强，好像谁也改变不了它，摧毁不了它。

睡前灯光亮的时候，屋里靠墙摆放的锅台，地中央摆放的铁炉子，一面落地大玻璃窗，窗上的落地窗帘，床上的铺盖，还有黑乎乎的水泥毛坯墙面，包括地上行走的小粪牛，到处乱逛的蝇子，小孩的鞋子，大人的衣服……你会感觉这家人的生活有些无序，女主人有些邋遢，经济条件有些不尽如人意。

清晨，这里的景象全变了。尤其睡在炕上看窗外，人像活在图画中。

王女儿坐起来，打开连接着牛棚的小窗户，一股浓浓的牛粪味随着晨风窜了进来。四头壮实的牛一同把头摆过来，瞪着温和的牛眼，痴痴地瞅着王女儿。鸟儿的啁啾声也从小窗户传了进来。王女儿静静地听了一会儿，有远处传来的盘甘公路上的汽车声，有谁家羊的咩咩声，公鸡的打鸣声，还有夏虫的嘀嘀声。王女儿回头看了一眼熟睡的外甥女和她的三个孩子，拉了拉毛巾被的拐角，把被角盖在小孩露出来的肚肚上。

昨晚外甥女说的家务事又在她心里过了一遍。她想再睡一会儿，又躺了下去。头一落到枕头上，恰好压到一个刚爬上枕头的小粪牛，小粪牛的鞘翅被挤压得"咯叽"响了一声，像一声炸雷，把王女儿惊吓得要死。她猛地翻起身，看了一眼，鞘翅有些散架，但粪牛并没有被压死，它的趾爪还在朝天努力地蹬着。王女儿一伸手把粪牛拨拉掉，一种恐惧和喜悦交织在一起的复杂的心情涌上心间。这种心情自去年住进新房子以后才有的，通常是在听到或者看到新鲜信息后就出现了。王女儿心里想着梁书记让她学习使用粉草机的事，想着粉草机飞速旋转的齿轮，想着粉草机吓人的响声，想着外甥女家的家务事，想着刚才被她压变形的粪牛……这些乱七八糟的信息刺激得她打了一个机灵。

王女儿好像重新看到了她家的玻璃窗户，重新看到了她家的牛，重新看到了所有能看到的一切。她的视觉和听觉好像格外敏锐了，原来引不起注意的东西现在引起了她的注意。她看到了好看的玻璃门和玻璃窗，看到了外面好看的天空，也看到了昨晚打过苍蝇的拍子被丢在铁炉上。一个早起的苍蝇又落在蝇拍上搓手、洗头。她就想自己的新房子真好看，应该把苍蝇拍子别在墙上，或者搁在窗台上，搁在炉盘上不卫生。到冬天炉盘上还要烤馍馍、烤土豆。她又看见一个粪牛在炉盘下面偷偷摸摸地往出爬，在它身旁，躺着一只死去的粪牛。看着死去的粪牛，她突然感觉到非常害怕。害怕像电流一样通过她的汗毛，通往她的心脏。她硬着头皮找寻前面拨拉到地上的粪牛，想知道它究竟是死是活。她看见那个受伤的粪牛还活着，鞘翅一边耷拉着，急匆匆往炉腿子下面攀爬。她庆幸自己没有把粪牛压死，不由自主地扫视了一下她那没有装修的毛坯水泥墙面。

晨光里，墙面上抹子抹过去留下的水泥纹路一溜一溜，浮雕一样清晰可见。她马上觉得自己好像睡在黑乎乎的墓道里，墓道上有镐头挖掘墓坑时留下的痕迹。墙面上抹子抹过留下的水泥纹理和挖墓道留下来的挖掘痕迹特别相似，一束一束的。她赶快把夏凉被往上拉了拉。

小窗户上不断地涌进新鲜的牛粪味，冲散了屋内莫可名状的气息。昨晚窜进来的牛粪味道已经不很纯粹了，里面掺和着豆豆饭的味道，掺和着瓜果羊肉的味道，掺和着大人孩子们呼出的口气……王女儿突然想到应该把牛棚往远处挪一挪才对。当初是怕贼来偷牛才把牛圈和人住的房子盖在一起的。谁知道装了远程监控，防贼根本不用窗户。她好像听到大白猫"喵喵喵"小声叫了一下，大白猫想当家猫，她不想要。睡觉前她把它轰出去了。现在她突然可怜起大白猫来，没有家，没人收留。她觉得自己很像这只大白猫。又一想，自己有家，有新房子，不应该像大白猫啊！但她分明觉得自己就是大白猫，没有像以前住旧房子、旧院子时有安全感和归属感，总觉得有些魂不附体，不知道自己究竟住在哪里，家在哪里。也许住一些时间住习惯就好了吧！她一边在心里这样安慰着自己，一边想着要不要把大白猫收留下来，不再踢它，让它成为家猫算了。

10

"哞——"一声牛叫把胡思乱想的王女儿吓了一大跳。

她猛地直起身子，仔细听了听，窗外晨起的鸟儿在集会，还有夏虫的声音，远处别人家的牛哞声……王女儿再也睡不住了，准备起床去田里掰玉米棒子，给孩子们蒸着吃。顺带去储物间，把男人叫醒，叮嘱他早早去喂牛。

"这么早，不让人睡一会儿。"

"牛饿得叫唤呢，早早喂。"

院子里，草垛、枣树、摩托车、窖场子，牛棚边上的蹦蹦车、连接着小菜园的玉米地……全被冉冉升起的朝阳染红了，王女儿也被染红了。天空辽阔得出奇，布满霞光，话剧舞台上的背景布一样透明、鲜艳、深邃。

二女儿也起来了，懂事地扫着院儿。芨芨草扫把刷过踩瓷实的土院子，发出"唰——唰——"的声音。

马广台人家突然变得无比渺小。那些让城里人觉得布局很混乱的农家院落，全部融化在辽阔无边的霞光里，只露出一方一方整齐好看的红屋顶。

霞光晕染出来的天空穹庐一样覆盖着双井村的山山沟沟。披着霞光的山峦伸向远方，东西望不到边际的狭长河谷贮满雾霭，一大片一大片的玉米林突然变得无比渺小，仿佛神仙抛撒在干旱山区的一片片绿叶。

马广台的一切都沉浸在一个全新的、辽阔而美好的清晨。

明
察

1

八月的双井村闷热闷热的。

按说双井村是山区，山区应该凉爽些才对。但是双井村的山，好像被罩在一团化不开的热气里，即便站在山豁口，也感觉不到一丝丝凉气。

巡察组检查完档案资料，梁书记的脊背湿了一大片。

档案资料检查结束十二点，为节省时间，村委会为巡察组提供了便餐。

饭后，梁书记安排巡察组干部去双井小学午休。

暑假，学校很安静。从隔壁羊圈里散发出的异味不断地翻过墙头，落在树枝上、乒乓球案子上、教室窗台上，落在巡察组干部午休敞开的门扇上。

两点整，巡察组干部分成三个小组，开始做入户调查。一组去了村西头，一组去了村东头，一组去了河对面的马广台。

2

马广台组由巡察组乔组长带队。

马老师开车，梁书记、王乡长陪同。

乔组长是个随和的老干部，爱说爱笑，温和精明，明年就退休了。他说他是海原县检察院老干部，被抽调出来做巡察已经好多次了。领导最喜欢让他下来巡察。

"巡察不是找毛病，是帮助村干部解决工作中实际遇到的问题。如果能在巡察中把问题解决了，这是县领导最满意的结果。实在解决不了的，问题查出来，还要给上面提出合理的解决方案。"

乔组长这样一说，马老师突然想到一项难缠的工作——催交医疗保险。

"乔组长，向您讨教一下。个别村民太赖了，怎么催也不交医疗保险。说出来不怕您笑话，我和梁书记都垫过钱。自己把钱垫进去还不好意思说出来。不垫吧，任务完不成，无能；垫吧……"

马老师说的这种村民的确存在。

其中有一位村民叫杨森宝。杨森宝有一辆小轿车，挂着广州的牌子。就因为他名下有一辆小轿车，大数据筛选下来，他家定为非双到户。非双到户医疗保险，一个人一年三百多；双到户，一个人一年一百多。杨森宝年轻时在广州做生意，发了一点小财，盖了一院好房，重新找了一个年轻女人给他守家。渐渐地，广州生意塌伙了，人也上了年龄，就回到双井村养老。年轻女人发现杨森宝收入不行了，而且又老又丑，干脆离婚另攀高枝。年轻女人前脚一走，后脚原配老婆搬了回来。他们原本有一儿一女，女儿出嫁了，儿子也结婚了，老两口已经抱上了孙子。

现在，老两口，小两口，外加一个三岁的小孙子，一家五口人住着非常宽敞漂亮的大院子，和和美美的。乍一看，这家人的日子实在挑不出毛病，一院漂亮宽敞的起脊大瓦房，一辆黑亮的小轿车。仔细一了解，一家五口除了儿子在西安打工有一份收入外，其他四人都没有收入。

他家不养羊，也不养牛，连一只鸡都不养。

每到缴纳医疗保险的时候，杨森宝只交老婆的、孙子的、儿媳妇的、儿子的，不交自己的。他说他不需要。

乔组长建议道："这个问题可以找乡贤商量解决。"

乔组长认为，在农村，有些事情必须借助乡贤。乡贤会给赖账的村民做工作。乡贤一般都和村民有远远近近的亲戚关系。亲戚之间说话，与村民和村干部之间说话逻辑不一样。乡贤会告诉他，人家给你垫了，是你欠了人家的钱财。欠人钱财，迟迟早早是要归还的，哪怕到了后世。债，如果不还，会越垒越多。

马老师又想起他承包的帮扶困难户。

"乔组长，再给您汇报一件事。我没见过那样的家庭。以前男人在外面打工，说工钱不好要，就不给家里钱。但这家媳妇儿很不错，叫冬梅。冬梅一直不离不弃地守着家，在家养羊。早先嫁过来的时候就没有公爹，后来冬梅把自己两个孩子抓大，把老婆婆伺候走，小叔子结婚，出了37万在新海镇买了楼房。冬梅一直住着老人留下来的旧院子。大数据筛选，成了双到户。现在男人也回来了，两口子养着200多只羊。这个媳妇儿太能干了，养了好多鸡鸭兔子，就是家里卫生做不好，真是太差了，说了好多次都改不过来。"

"这种家庭，你不要小看，只要有个好媳妇，扶持起来很快。农村有厉害女子。"

"那就去马家堡子？去马老师说的冬梅家吧。"

乔组长看见马家堡子城墙时，才向梁书记公布了他的入户决定。

3

汽车从马家堡子城墙根绕过去。路上没人，连一条狗也没遇见。马广台人家几乎都住在马家堡子城墙西南面，这个堡子像他们的靠山一样，排列在农户家最后面；又像是很有经验、很有威望的老者蹲守在这里，随时敲打着人们的脊背说："娃娃，这里是个好地方，千万不要抛弃。"

从马家堡子往南走，是一段慢坡水泥路，慢坡水泥路一直往南，快到河湾悬崖处，向东拐个大弯。车头朝东再走一里，离马家堡子城墙已经很远，快要进入荒山野地了，水泥路就到了尽头，冬梅家也就到了。水泥路断根整整齐齐，有二十公分厚，水冲不垮，车压不断。

一路上两边全都是庄稼地，没有住户。或者可以说，这条水泥路只通冬梅家这一户。马老师调侃说："我给冬梅说，谁再跟你唠叨他家 30 米都不给打，你家打了三里，你就说你姑舅哥是公路段的。"

"冬梅，在家吗？"

梁书记边喊边往院里走。

院子孤零零地矗在马广台最东面，简陋的院门敞开着。

院门朝南，门前慢坡下去是庄稼地，庄稼地过去不远处就是河湾的悬崖，悬崖下面是非常宽阔的河谷，河谷对面靠山根洪水冲刷不到的地方，就是盘甘公路。

这个院落虽然孤零零的，但出门见山见水，周围全是庄稼地，作为农家院落，这个位置太好了。尤其靠东边，庄稼地就慢慢消失了，全都是低矮的荒山秃岭，作为养殖专业户，靠天然放牧发展生产的空间非常大。

能看得出来，三十年以前，这个院落从外观看是很时髦很富有的。一圈土坯高围墙，比不上马家堡子城墙那样高，那样厚实，但墙的根基也超过一米了。

只是土坯墙毕竟扛不住风吹雨淋，相比现在家家红砖头砌起来的新式院墙，说成老态龙钟也不为过。院内坐北朝南盖着三间土木结构的起脊正房，坐东朝西盖着两间土木结构的起脊侧房。当然院内地面依然保持着最原始的慢坡样貌，西北高，东南低，院子地面并没有完全取平。或者因为院子没做取平处理的缘故，进到这个院子，就仿佛来到干山秃岭上，脚下疙疙瘩瘩。靠西有羊圈，靠南有鸡圈。

冬梅皮肤白，五官紧凑，小鼻子小眼小嘴巴，内敛大方，不亢不卑，似笑非笑。听到梁书记的呼喊，冬梅不急不缓地从羊圈那边走出来，不说话，也不请大家进屋。

乔组长站在院中央，扫视了一圈，西面有一段墙快塌了，用椽子做支架勉强顶着。王乡长也看见那段快要倒塌的土墙，扭头瞪了一眼梁书记。梁书记注意力不知道在哪里，并没有看到王乡长瞪他，也好像没有看见那段快要倒塌的土墙。

不知道乔组长依据哪个信息做出判断，精准地向右转，大步流星往坐东朝西的房间去了。大家都跟了过去，冬梅跟在最后面。

一脚踏进屋门，乔组长似乎愣了一下。这个房间里实在太混乱了。有一个桌子，桌布很久都没有清洗过，根本无法辨识最初的样貌。桌子旁边不端不正放着一把破败的圈椅。乔组长想拉开圈椅坐上去，一伸手，才看清圈椅上卧着一只老猫，老猫身下垫着冬梅的旧衣服。老猫抬眼看了乔组长一眼，突然惊慌失措地翻身跳下圈椅跑出屋门。

冬梅把靠窗根的炕沿用笤帚扫了扫说："坐这里吧。"

乔组长选了靠近窗户的地方落了座。

"冬梅，来，你也坐，今天你是主角。"

乔组长招呼冬梅像招呼自己的外甥女一样，自然、亲切。乔组长斯文地从文件包里掏出一个笔记本，斯文地摊在腿面上，翻着找了找，盯着看了看。大家突然都有些紧张，乔组长的眉头也渐渐绽了起来，随和亲切的神情突然被庄重严肃取代了，让人感觉他身后正有一把高背椅———一把只有检察长在开庭时才能坐上去的高背椅隐隐约约显现出来，就连他的头上，似乎也隐隐约约浮现出一顶检察官的帽子。还有他的肩膀上，模模糊糊能看到一对闪闪发光的肩章。乔组长沉思的样子，好像把他前面带给大家的平易近人的外罩脱掉了，露着森严。森严的乔组长，仿佛要审判一桩要案，他不再嘻嘻哈哈，不敢过于像一摊稀泥那样没有固定的形状。没有形状的稀泥，最容易渗透在石子中间。如果说梁书记和其他村干部是石子，乔组长就是稀泥。现在，他必须把自己从石子中间提取出来，把稀泥里的水分使劲排除排除，酿成一团黏稠的泥巴，保持来自大泥潭的本色。他是一块从大泥潭临时分离出来的小泥团，是自己临时掺了一些水分，很巧妙地稀释了一下，很巧妙地渗透在这些干巴巴的石子中间，好把石子黏住，黏成一个整体，携带着在村庄里自然地走来走去。

屋里其他人静静地等待着乔组长能早早回过神，把平易近人的外罩赶快罩上。裸露着森严的乔组长给大家造成一种浓重的压迫感。梁书记、马老师、王乡长煎熬一样呼吸着冬梅家里闷热、无序、毫无美感的气息。

过了好长时间，乔组长轻微地舒了一口长气，好像翻了一座山。渐渐地，乔组长脸上亲切的、无隔阂的笑容回来了。森严的态度从头到脚，自上而下缓缓地收敛了。乔组长先把皱着的眉头散开，然后把脸颊上的笑肌渐渐放软和，把摊开在腿面上的笔记本合上。

"冬梅，往我跟前坐，看我。现在咱俩是中心。"乔组长带点双关的意思招呼冬梅。冬梅红着脸笑了，气氛也一下子变得松弛自然起来。

梁书记舒了一口气，自己拉了一把小塑料凳，搁在靠近屋门的位置坐下来。屋内屋外的热气，一阵一阵往梁书记脸上喷。马老师和王乡长站在靠里面光线昏暗的地方。

王乡长不住地挪动着给乔组长和冬梅取镜头。

"几口人啊？"

"四口。"

"建档立卡户吗？"

"是。"

"男人干什么去了啊？"

"去上面放羊了。"

"吃低保没有啊？"

"吃。一个人，我。"

"帮扶人是谁？今年的人吗？"

"马老师，马金保。"

"马金保常来吗？"

"常来。"

"对生活生产上有帮助吗？"

"帮助很大。儿子受伤后，马老师在银川联系医
院看病，还给娃娃买衣服。"

"除了物质，对孩子教育方面还有啥吗？"

"经常讲知识改变命运，让上学。"

"搞家庭养殖没有啊？"

"养了。养羊、鸡、鸭、雁、兔，我家养殖样数
最多。"

"有多少地啊？"

"47 亩。"

"有一段时间连人带户三五年都不在这里住，地
别人种，有吗？"

"有。"

"地有流转吗？"

"没有。"

"养老保险有没有啊？"

"没有。没有老人。"

估计乔组长问的是冬梅本人有没有养老保险。

乔组长下意识地把笔记本翻开，但没有看。

"慢性病签约了吗？"

"没有慢性病。"

王乡长插话说："慢性病电子签约也行。"

"收入达不到标准，进入双到户的原因是啥？"

"干旱。"

"进入双到户之前家里几口人啊？"

"6 个。小叔子结婚了，在海新镇买了楼房。"

"养牛羊多少？"

"牛 3 头，羊 207 只。"

"秋粮呢？"

"37 亩。"

"青储呢？"

"18 亩。"

"兄弟媳妇对你好吗？给兄弟媳妇买楼的 37 万是从哪里来的啊？"

"好。养羊。"

"支书会计都知道吗？怎么样啊？"

"知道，杨天军、李生虎，干得好。农村工作难干，干得不好你们早把他取了。"

"班子团结吗？"

"不团结能干这么多年？！"

"农村变化大吗，教育、村道方面？"

"大，大得很。"

"双到户补贴到位吗？"

"到位。"

"老公出去打工不啊？"

"打。"

"技能培训有没有啊？"

"有过。"

"慢性病签约有没有啊？"

"没有。以前老人有，老人有慢性病。"

"封山禁牧了吗？有偷着放羊的吗？"

"有。"

"临时救助项目知道吗？"

"知道。救灾款，每村一万元。四啥会上说的。"

马老师提醒说四议两公开会。

"村上工作有啥问题吗？"

"没问题，干得太辛苦了。"

"有吃拿卡要吗？"

"没有遇到。"

问到后面的时候，乔组长时不时地扫一眼打开的笔记本，态度非常温和。

话问完，乔组长提出要去看看圈舍。

鸭子看到人走过来，嘎嘎嘎地乱嚷嚷起来，不知道害羞，也不知道害怕。它们身上糊得乱七八糟，一点儿也不美观。两只白色火鸡，孔雀开屏那样展开羽毛让大家看。也许火鸡个头高的缘故，羽毛并没有被染脏，只在趾爪上糊着厚厚一层泥垢。草垛上，一只黑母鸡正在孵蛋，看到有人走过去，警惕地支棱着脖子，瞪圆的眼睛眨巴着。在它旁边站着一只红公鸡，鸡冠庞大复杂，一动不动守在黑母鸡身边，直勾勾地盯着黑母鸡，也不扭头看人。

当大家把注意力集中到各式各样的家禽上，忘记这是一户农家小院的时候，最初获得的破败感就消失了，反而觉得这个"小型养殖场"搞得真是很不错，卫生也很好。

更多的羊只居住在院外隐蔽的羊圈里。

走出大门，从房屋后面拐过去，一个用栅栏围起来的、背靠土丘的大羊圈就暴露出来。真想不到房屋外观这么陈旧的一家人，屋后面空地上竟然有如此大的一个羊圈，跟一般牧民的羊圈有一拼。大家正在观览超级私人大羊圈，一大群羊"咩咩咩"地叫嚷着从河湾低洼处跑上来。先跑上来的头羊看到有一伙陌生人站在它们的羊圈边，猛然间停住了脚步，停止了咩叫。头羊脚步一停，其他羊只也刹住了脚，也不咩叫，齐齐举头向这边张望着、打量着、分析着、判断着。后面又攒上来的羊不断地挤到头羊的两侧，头羊站在最中间，其他羊沿着小山丘起伏的曲线排成一长溜，全部向这边张望，很神奇，也很壮观。冬梅发现羊不敢回圈，就让大家往后退，退得远远的，退到水泥路上。其他人退走后，冬梅像退潮后遗留在沙滩上的一枚红色海螺，很醒目，也很好看。头羊肯定看到冬梅了，撒开腿就往羊圈这边跑，其他羊也撒开腿跟上往这边跑，咩咩的叫声争先恐后地响起来。羊群踢踏出一阵灰土，带着灰土拥进了羊圈。穿红衬衣的冬梅手扶着栅栏门，站在羊群里，像一面醒目的旗帜。

羊群进圈不久，冬梅男人从低洼处走上来，虽然晒得很黑，仍掩不住他的英俊。

"咋回来了？"

"村上打电话了。"

"村上咋知道的？"

"无人机巡逻看到的。"

4

离开冬梅家，大家坐上马老师的车，马老师没有沿路返回，而是从东面绕过去，转到一条土路上。小汽车蛇行在土路上，两边都是绿油油的庄稼地，车开得比较慢，农村出身的几个干部，都觉得这样上班真是太惬意了。

梁书记说："冬梅两口子聪明得很，200多只羊好好喂几年，很快就发了。"

马老师说："冬梅交入党申请书了。今年给马广台这几户偏远的村民打水泥路投资也不少。尤其冬梅家，20公分厚的水泥路，弯弯圈圈将近1000米，就为她这一家。"

乔组长又翻开他的笔记本，边看边说："'一带一路'每年能赚好多外汇。这些扶贫项目款都是从哪里来的？全部是'一带一路'经济带给老百姓赚的。国家的经济眼光，战略眼光，咱们根本想不到。"梁书记问下一家走谁家，乔组长说："咱们去马文广家吧。在前面，还是在山上？"问完，把笔记本装进文件包。

马文广家在前面，他家斜对面就是宏伟的马家堡子遗址。

"老马，老马在家吗？"

马文广家双开大铁门上着锁，门扇上的门中门敞开着。

马文广家的院落和房屋同冬梅家一比，一个在天上，一个在地上。

冬梅家从院墙到院内的房屋都是三十年前最流行

的，只是经年累月，风吹日晒，模样陈旧了，风格过时了，就像当年风华正茂的女子，历经了生活的磨砺后，虽然能看出犹存的风韵，但那是一种过时的、木讷的、属于旧时代的风韵。

马文广家从大铁门到院墙再到高出院墙四倍多的起脊红顶瓦房，都是崭新的。从房屋和院墙凌厉的棱角推断，这样的院落，从现在算起，五十年都不会走样，七十年都不会变形。当然款式会不会过时就不好讲了。也许再过十年，农村又开始流行地中海式农家小洋楼——现在已经有一家准备盖小洋楼，图纸都提交到村委会了。

一个老太太一掀纱帘从正北房走出来，头上搭着黑盖头，提花真丝面料，绒绒的提花浮雕清晰逼真。老太太上身穿着一件长款淡蓝色雪纺衬衣，衬衣上搭配着长款镂空高开衩月白马甲，腿上穿着淡蓝色雪纺阔腿裤，脚上穿着一双黑色软底网眼夏凉羊皮鞋。脸面上皱纹横七竖八，但面部轮廓非常精致耐看。

"县上巡察组的乔组长，来看看你们家。"

"没看头，看啥呢。儿子和媳妇儿都不在，出去打工了，就我和老头子。"

乔组长说："看的就是你和老头子。儿子媳妇子在我都不看。"

说着，老太太已经把门帘挑起来，请让大伙进去。

乔组长一勾头先进屋了。

屋里整洁干净，物品摆放有序。窗根一道长长的大通炕，炕上被单干净，叠放整齐。地上一圈家具摆放有序。虽然是几件旧家具，过时的大立柜，过时的五斗橱，过时的三人沙发，但都像刚洗过水一般明净整洁。

沙发上坐着一个长胡须老人，老人头上戴着帽子，身板直溜溜的。他面带微笑，转脸看着从屋门走进来的人，好像身子挪了挪，但没有挪动；好像在欢迎来人，嘴唇动了动，却又没有说出话来。

"老头脑梗，动不了，梁书记知道呢。我是从同心嫁过来的，姓买，伺候老马几十年了。"

"同心不好好待着，跑山沟沟里伺候人受洋罪。"

"不伺候人没人管吃管穿。"

"好好孝顺，孝顺老头就是给自己铺路。"

"不敢不孝顺，不孝顺拐棍抡圆了打呢。"

"他敢打你？话说得不好都不给他饭吃。你不打他就 不错了，他还敢打你。你不看他有啥本领。"

"说不成话，走不成路，心里明白得跟镜儿一样。"

"噢。他是天，你是地，两口子哪有一辈子不淘气。你伺候他是人生一世，他打你是天变一时。女人遇上知冷知暖的好汉子是福，天变过了还是好天气。来，拿个凳子，坐下咱们好好扯。"

乔组长已经坐在三人沙发上，旁边就是长胡子老人马文广。乔组长顺手把笔记本掏出来，摊开，摆放在茶几上。

老太太挪过一把小靠椅。

"几口人啊？"

"两口人。"

"吃低保没有啊？"

"嗯，吃低保。"

"养牛养羊了吗？"

"养了，3个。"

"是党员吗？"

"老头是，我不是。"

"种粮食没有啊？"

"种了，种的秋粮，50亩玉米。今年苞谷棒子好得很。中午我们煮了一锅，可甜了。"

"租给别人种的，还是自己种的啊？"

"自己种了20亩，剩下的30亩租了。种成一亩地给我30也有，40也行。种地的都是自家侄儿侄女。共产党把地交给咱们种，咱们不能让地荒着。"

"政策都享受到了吗？"

"享受到了。房子报了多少次都报不上去。这次，梁书记来才报上去的。村上的催着叫盖，共产党政策咱们都得上了。"

"吃水呢，压到屋里了吗？"

"到了。就是前几天刮风吹塌了，水停了三天。"

"双到户一个月能吃一次肉吗？"

"能。现在吃肉条件好得很，想吃就吃。"

"一个月收入多少？养老医疗都有吗？"

"收入一千多，养老都买了。"

"看病吃药一个月能花多少？"

"收入的钱差不多都吃药了。现在坐下，睡，睡不倒；睡下，起，起不来。有心脏病，好，就好好的，不好，跌倒就不行了。"

"有啥状要告吗？"

"没有，要告就告日子太好了。"

"共产党的政策好不好啊？"

"好！"

"你老两口每个月收入一千挎零的钱，全村算起来就多了，你老两口就好好在家养着花吧。把身体保养好，多享几年清福啊。"

"过去国民党交公粮，还要晒干。现在干干湿湿都进了个人的口袋。"老太太说。

"老买把老马伺候好啊。"乔组长顺势把老马的手拉起来在手背上拍了拍说："老马，你这个老党员有福呐。"乔组长的手又小又白，像年轻媳妇的手。马文广老人的手又大又枯，树根一样。乔组长拉着老马的手时，突然发现老马没有大拇指头，问道："手是老百姓的肉皮，家是老百姓的心。手怎么了啊？"

"年轻时生产队大集体干活，修梯田，摔到大塌沟，大拇指头受伤了。"老太太说。

乔组长又拍了拍那只受伤的手，眼神充满敬佩和感激。

马文广老人好像把所有对话都听明白了，也从乔组长的小手上感受到了关爱，露出慈祥、幸福和骄傲的表情。

"牛羊封山禁牧，封着没有啊？"

"封着呢。"

"那好。我们到厨房看看。"

老太太家院子布局很整齐，房屋基础有一米高。坐北朝南四间上房，属于老太太和老爷子。对面坐南朝北也是四间房。这四间房和老太太的四间房跟双胞胎似的。老太太指着说："那一面是儿子家，这一面是我和老马家，一个院子，两家人。"老太太把大家带进坐西朝东的一排简易彩钢房，看得出来，这是一个杂物储藏间，墙面上挂着镰刀、铲子、背篓、簸箕……

从简易彩钢房出来，大家站在院中央，鉴赏着双胞胎一样面对面矗立着的起脊红屋顶补贴房，看到屋脊上装饰着七八只仿真白鸽子，各种姿态，栩栩如生。天空非常蓝，仿真鸽子很悠闲地栖息在屋脊上。

老太太的重孙女混夹在检查组人员中间，抬脸看看这个，再看看那个。梁书记就问她："银川游学去了吗？""去了。""下次还想去吗？""想去。"

乔组长终于回来了。他从月亮门走出来，攀爬了高墙的样子，手背弹着衣襟上的饲料秸秆，叫人觉得月亮门后面好像是一个下沉式大羊圈。

"70多只羊，日子可以得很。"乔组长低低地说。距离乔组长近的人都听见了，一起扭头朝月亮门方向看。老太太急匆匆赶过来说："都是儿子的。"乔组长笑了："不管谁的，不能圈到圈里光数数，要拿到集市上买卖。你一家卖羊，几十几家开始赚钱。羊卖了，你首先赚钱。买羊的人把羊宰了，肉卖了，卖肉的赚钱。买肉开饭馆的人，把手抓做好卖了，开饭馆的赚钱。还有你的羊毛、羊皮、羊骨头……毛厂、皮革厂、基础材料厂……"老太太静静地听着，似懂非懂。

5

从马文广家出来，坐在副驾座上，乔组长又翻开他的笔记本看了看说："上午找来谈话的小文，养九龙虫的小文是不是也在这附近住。"

梁书记指着远处的山畔畔说："呐，三棵大杨树，就那一家。"大家顺着梁书记指的方向朝上看，果然看到空旷的山畔畔上突兀地长着三棵大杨树，大杨树下孤零零一栋红顶起脊房，没有院墙，一辆白色小轿车停放在院子里。

马广台住户选宅基地很有特点，大多数人选马家堡子西南面比较平缓的旱塬，除此以外，就选横在马家堡子西北方向的那道山梁。

盛夏，山梁上有梯田的地方，是墨绿色的玉米地，没有梯田的空白处，也有薄薄一层淡绿色草皮。山畔畔平坦处，稀稀落落有几处庄户人家。这些庄户人家一家离一家很远，也不做围墙，不像平缓旱塬上，一家和一家离得非常近，家家都用紧密的围墙把自家半遮半掩地罩着。看上去大家居住得十分密集，又十分隔阂。住在山畔畔上的人家则不同，院内情况一览无余，红顶房子极其醒目。看一眼这样的人家，你会觉得他们的心境好像同住在低处的人家很不一样，内心似乎更坦诚，更清高，更有想法，更无所畏惧。

马老师的车子吃力地攀爬着，车上的人几乎想跳下来帮助往上推了。

路实在是太陡峭了。

大家来到院中央，把车停好，看一眼主人家的白色小轿车，奥迪上的四个铁环闪闪有光。一个年轻媳妇不亢不卑地从屋内走出来。

"小文，九龙虫咋样？"

"不咋样，好多都死了。"

九龙虫别名"洋虫"，是鞘翅目拟步行虫科的一种昆虫，而且是一种喜欢蛀食仓库粮食的害虫。不过这种虫子的身体富含蛋白质和各种氨基酸，有较高的营养价值，既可以入药，也可以食用。小文男人常年在外面跑大车，信息灵通，就从外面带回来种虫让媳妇在家繁育。

乔组长并没有去看小文的九龙虫，梁书记去看了。一个洗脸盆，里面放着干枣子，干核桃仁。小文把干枣子拨了一下，小鞘翅昆虫就暴露出来，甲壳很有光泽，但它很快发现了危险，急速地把头戳到干枣下面隐藏了起来。

"不行。养着养着就死了，卖的时候必须是活的才行。我还不太会养。"

"慢慢摸索。只要摸索，就能掌握；不摸索永远掌握不了。"

"我们家路有希望吗？"

"哎呀，暂时不好说。上次说坡度太大，太陡峭。估计打成水泥路使用起来会有危险。"

梁书记和小文边走边聊着路的事情，一起去找乔组长。

乔组长、马老师和王乡长站一长溜，在围观小孩儿打篮球。

小文家三棵大杨树三点一线，每棵树都有一怀抱粗。杨树西面是红顶子起脊房，东面是一个私家篮球场。篮球场铺着水泥盖板，有非常标准的篮球架。

小文告诉乔组长，他家有两个儿子，都喜欢打篮球，孩子的爸爸也喜欢打篮球。当时从父母家往出搬的时候，之所以把宅基地选在这里，就是喜欢这里空间大，能围篮球场。篮球场、杨树，都和他家大儿子同岁，十八了。小儿子十四，最近才从彭阳篮球暑期培训班放假回来。

"又是私人篮球场，又是奥迪车，你的双到户是哪里来的？"乔组长问。

"车是借别人的。"

梁书记知道，以前财产登记的时候，这家的奥迪车也好，半挂车也好，都不在户主名下。大数据筛选下来，这家就成了双到户。现在人人都知道这家光景非常好，不应该享受双到户补贴。可是大数据筛选的，一时半会改不了。经过村委会研究，户主同意，暂时把属于他家的公益岗指标挪出去给别人干，也算是村委会处理矛盾的权宜之策。

乔组长又问小文："你家的水泥路没打啥原因你知道吗？"

"梁书记说路太陡了，坡度大，打成水泥的有危险。"

乔组长说知道就好。

小孩篮球打得像模像样。妈妈说他的小孩从会爬就在篮球场滚篮球，不爱学习，就爱打篮球。爸爸跑大车回来，爷儿三个一起打。

乔组长带听不听的，又好像在思索。梁书记也估摸不来乔组长的心思，不知道他对这家的入户调查是不是满意。但他知道卫生肯定是满意的。虽然只有两大间红顶子起脊房，但是每一间房都做了内部装修。尤其住人的这一间，很巧妙地隔成厨房、洗漱间、客厅、卧室，每一处似隔非隔，似界非界，像是隔断，又像是大立柜；像是隔墙，又像是壁橱。色彩搭配很洋气，自来水、煤气灶、淋浴……一应俱全，一律电气化，和一般城市人的生活条件一样好。

梁书记一看表，快下午六点了。乔组长他们还要返回海原县城。

6

一下午的入户调查结束了。究竟乔组长能给双井村的工作打多少分，是合格了，还是不合格，是比其他村好，还是比其他村差，都是一个大问号，不好下结论。

但梁书记觉得自己已经很努力了。

仲夏六点，太阳还很高，拉着巡察组长的小汽车调头离开马广台，向双井村委会驶去。一路上，大家一句话也不说，只听到马老师油改气的老坐骑"嗑嗒嗒嗑嗒嗒"的响声。或许是入户调查过程中大家说的话已经太多的缘故，也或许是乔组长正在给调查过的三家做鉴定，鉴定梁书记他们的工作成效究竟怎么样，能不能经得起上级领导的入户访问，能不能让村民把目前的好日子巩固住；究竟还有没有弄虚作假的环节，如何把弄虚作假部分查验出来，让他们及时做调整，做弥补。梁书记虽然坐在后排，视线被前面的马老师和乔组长挡住了，但他一副明人不做暗事的样子，噘着嘴严肃地注视着前方。

新铺就的水泥乡道在马广台和村委会中间画了一个大写的"L"，水泥路拐弯的地方，就是水泥乡道过河的地方，这一段路是漫水桥，很低，小汽车完全淹没在河谷里面看不见踪影。前一段时间河谷里发过洪水，漫水桥两面堆放着村民铲起来的淤泥。马老师车开得很小心，很慢。好长时间，车子才安全地爬上盘甘公路，加速向村委会开过去。

开
会

"李委员也在。"

伍乡长说的李委员是妇女主任，也是村委会唯一的一名女干部。

"巡察发现了不少问题。"

伍乡长觉得这句话也许说得太直接，会挫伤村干部的积极性，或许他想通过会议表达的并不是发现不少问题，而是想让大家重视这次巡察工作，于是伍乡长调整了思路接着说："这次巡察，是咱们县委派的工作，也是上面盯得很紧的一项工作，所以大家不敢麻痹大意。"

大家静静地听着。

"资料上有些问题。虽然巡察组没有当场给咱们反馈意见，但是，咱们的工作人员在跟前，问题都看到了，有些问题得提前着手整改。人家肯定很快就要下来看咱们的整改落实情况，到时候又说这个没有弄，那个没有弄，工作就被动了。"

讲完这些话，伍乡长又语重心长地强调："咱们要提前着手啊。"

参会的干部们好像在听会，又好像在想自己的心事。也许伍乡长担心把话讲得太笼统，工作落实不到位，想指名道姓地讲，又担心指名道姓会让人对落实工作心生反感，就连用了两个"那个啥"。

"那个啥，把你们两个今天那个啥。虽然说今天没有反馈，你们两个在跟前呢。人家在查的过程中，挕了些问题，大的方向你们应该都知道。做个分工，谁的是哪一块明确一下。会议记录，各种表册，还有牵扯到学习方面的，牵扯到资金方面的，所有记录一定要补完善。"

两位年轻村干部眼睛一眨一眨的，好像明白了，又好像不明白。

伍乡长接着说："后评估反馈问题的整改紧接着也就开始了。我估计就在这一两天。这个也是一项很重要的事情。上一次佘书记在县里开会的时候特别强调了，这个工作也是县上用专题会议安排的。这项工作咱们赶快梳理出来。把资料搬出来，看看还有哪里不完善，盯住，一项一项过。梁书记！"

伍乡长在给梁书记点名道姓布置工作的时候不假

思索，脱口就招呼。

"梁书记，我那会儿也说了，资料能重新归档的重新归档。像今天咱们摆的这些资料，虽然盒子很多，但不太整齐。对每一个盒子的摆放以及盒子里的资料，咱们究竟是固定一个人统一管理呢，还是分开各装各的呢，不要像巡察组讲的那样：有的村虽然抱着很多盒子，但不知道哪项工作在哪个盒子里放。这就给人造成不良影响，工作很混乱。"

梁书记虽然没有看伍乡长，却点头应允着。

也许伍乡长看到梁书记点头了，表达更加流畅，声音更高。

"所以说咱们在这两天的后评估、反馈问题大督查中，要让人家一看资料盒就一目了然。同时咱们对盒子里装的内容要一清二楚。人家要哪个，咱们就给人家往出抽哪个，还要做好解释。"

讲到对资料的解释，伍乡长列举了一个具体事例。

"上一次那个整改单子，我也给你们发了，那个牵扯的是啥呢，'两不愁三保障'，主要是三保障。比如上次发现的问题，牵扯三保障里面的水、电、路，还有安全住房。特别是安全住房。虽然说查的时候房子是好的，个别有些裂缝，但咱们是不是把裂缝问题处理了，是不是整改到位了，而且整改时的影像资料、整改清单，这些东西都要有。人家来查，一个要看咱们整改的资料，另一个要看咱们具体整改的结果、整改的效果。两个都要有。"

"还有一个就是咱们。哦……帮扶手册，以及咱们入户调查表。一定要让老百姓知道入户调查表的内容。"

谈到入户调查表，伍乡长又举了一个例子。

"查的时候，是女人接待的，村干部按照女人说的内容填了表。等上面来做入户检查，恰好女人不在家，又是男人做接待。一家人，男人和女人未必能把事情说到一块儿，女人一种说法，男人另外一种说法，让巡察组误会。"

他提出在建档立卡户的入户表上，一定要有入户人员的签字、老百姓的签字。填好的表，一定要复印一份放在老百姓家里。

谈完调查表又谈收入测算。伍乡长说收入测算老百姓自己根本不知道。老百姓只给村干部提供了几个数据，比如几头牛、几只羊、几亩地等等，但是收入究竟如何测算老百姓并不知道，表格上的数字是村干部测算出来的。这个要叫老百姓明白。

谈完测算又谈帮扶手册的填写。帮扶手册填到几月份啦，后期还有一部分产业补贴，有些资金也兑付到位啦，赶快把帮扶手册填完整。谁帮扶的谁填写。有把帮扶手册发到帮扶户手中的，收回来，检查后填写好。

听会的人有些涣散。新上任的村干部李生虎好像在走神，伍乡长本想指名道姓地对李生虎讲。但考虑到李生虎上任不久，不能因为自己开会讲话不妥当，挫伤李生虎的工作积极性，所以十分小心地斟酌着语气、语调、用词，讲话也变得磕磕巴巴。

"评估整改这一块，下一步……今天巡察会议记录发现的问题……这个……李生虎，你一定要操个心呢。"

伍乡长先表扬说2021年李生虎上任后资料很规范，然后又说2020年之前的有些资料存在问题，可是上面要来检查，不能一直叫空着，要及时整改，越放越不知道这项工作当时是怎么搞的了。

"这个，李生虎，你给咱们把这个，哦……那个啥……抽出时间赶紧要把这个完善呢。抽出时间要完善呢。"

李生虎轻轻点着头。

伍乡长又用很弱的声音说。

"再一个就是，哦——哦——梁书记，你那达达，就是咱们大排……哦…… 随后反馈的这些，你的清单也拉出来了。要拉一个单子，拉一个单子之后，把这些事情，一样一样往过推。在这个事情上，咱们再不能有任何问题……上一次佘书记说，在其他乡镇督查的过程中，发现有假整改的现象。原因是啥，报的是整改完成了，但是真正查下来，有些乡镇没有整改。这就是为啥这一次县委要成立一个督查后评估反馈整改组，要督查落实呢。会上说如果这个问题还没有整改，该是谁的责任追究谁的责任。咱们一定要把这项工作赶快搞起来。昂——这也是上面给我讲的。那天乡上开了党委会安排的也是这些事情。"伍乡长是甘城乡副乡长，双井村包村干部。

讲完上面的话，伍乡长脑海里好像又蹦出几件重要的事情，因为语言一下子还组织不起来，就发了一组含糊不清的单音节，好像是"淼"。

"淼淼淼淼淼淼……再就是咱们这个……妇女创业……这个这个……妇联的这个这个……贷款……哦……咱们现在……哦……王乡长在这儿说了能贷出来多少户吗，那我上去再问一下。如果乡上明天，或者后天组织咱们村民代表到通辽去拉牛，先把人员定好。"

杨支书插话说定好了。

"哦……定好了。咱们去一定要把牛选好，把牛拉来。这也是一项政治任务。今年咱们村上是200头……"

杨支书插话补充说210头。

"210头牛这个任务咱们必须完成。这一段时间各乡镇都有进步，咱们乡上，书记和乡长这两天愁死了。咱们要把自己的工作完成。梁书记还有啥补充的，再说一说。"

梁书记往后挪了挪，坐端正。

"最近大家确实都很辛苦。这次县委巡察组下来的时间实际上一直在变。通知的是周五、周六，甚至下周才来，结果呢？昨天早上突然来了，让我们有些紧张。好在咱们前期工作的资料准备还是比较扎实。刚才伍乡长也讲了，虽然正式反馈的意见还没有下来，咱们按照已经知道的，需要整改的，现在就要着手。巡察组叫啥呢，政治巡察，咱们要高度重视。这是第一件事。第二件事呢，就是关于大起底、大排查、大整改，以及这个区、市、县回头看的事，当然那个文件也是上周五才下的。"

梁书记转头看着伍乡长问"你发文那是上周五吗？"，又好像确定是上周五，就自己回答"是上周五才发给我的。"

"要说起来东西不算太多，我今天已经把资料目录拉出来了。待会儿我把它再捋一捋，建龙，生虎，你们看哪些需要装什么样的资料。一共是五个方面，五大类。需要哪些资料来支撑，咱们都要找呢，要重视。虽然文件上面写的是一个乡，选两个村，一个村，进户一到两户，电话四到六户。但是到底到哪个村，谁也不知道。咱们村都在路边。一拐就进来了，确实要重视。第三个事情，今天晚上就开始把收入 APP 的信息往进录，赶快录。咱们现在完成不到五十户，巡察组要求明天就得完成。"

"反正咱们按照乡长的要求，把这些事情往前赶。咱们这次做回头看用的这个资料，年底大检查肯定还要用。一些新搞的工作没有做资料，咱们还要一个一个往里面填。晚上把这个东西发给建龙，你看一下，需要啥资料，你也往进填，春雷。"梁书记一说春雷，声音就很大。

春雷是和梁书记一起从宁夏工商学院下来的驻村干部，宁夏工商学院辅导员韦春雷。

"春雷，你把那份资料弄一个'金山互动'。每个人随时往里面添加内容。生虎也一样，你也往里面加，好吧？"

伍乡长看着杨支书说："杨支书，你再说说。"

杨支书说："没有啥。根据两天巡视组对咱们的巡察，首先是肯定。人家跟我谈了一下，这一班人都很团结，在这一方面感动了，而不是因为咱们资料备得齐全感动了。第二个就是咱们这一班人团结、努力，这个情怀、情义把人感动了。咱们各项资料的补充上乡长也讲了，有进有出。特别会计在四议两公开资料方面有些欠缺。"

杨支书谈了四议两公开工作记录不规范的问题，特别是在资金兑现上，建议要透明，要上村民代表大会。他还谈了自己对巡察的认识，认为巡察不是来看成绩的，是来找短板的。上面查出问题，下面就要整改。不辜负县上对村上工作的期望。有没有问题巡察组暂时没有反馈，从表情上判断，对村委会一班人的团结很满意，他也很高兴。

　　"咱们村委会存在的问题，乡长也好，第一书记也好，也给咱们指点了。对于材料么，谁的谁整理好。假如说会一散，咱们一走，明天后天资料又乱了。会计，你管你这些账，先把这一沓表报好。移风易俗，李华思你把你党建的管好。李华思，你把你脱贫攻坚这些事情管好。特别在电脑数据方面，实在说，我也是个大老粗，有些事情不懂，建龙给咱们多操心，咱们的梁书记，和咱们的韦老师多操心。"

　　伍乡长强力插话说。

　　"这两个哪里去了？！"

　　语气很严肃。

　　"说了半天，咱们给自己说着呢。李华思呢？"

　　有人悄悄回答，接电话呢。

　　伍乡长继续严肃地说。

　　"咱们在这里说着呢，讲着呢，人家两个都不见么。"

张建龙和李华思都是三十岁左右的新上任的村干部。以前都在外面打工，这两年搞乡村振兴，年轻人发展空间大，工作能力强，回村后便被选进村委会做了村干部。

韦老师高声喊："华思——华思——"

会场上讲话的声音没了。

伍乡长狠狠地干咳一下。

远处传来咩咩的羊叫声。

梁书记发声打破安静。

"马广台那一组，一共走了三户。王强，马文广，那个叫……马生荣是不是？小文老公叫……"

杨支书插话——马正龙。

"哦，就走了这三户。哦……应该说呢，都反映不错。为啥要去小文家呢？估计看了档案资料。早晨不是把小文叫过来谈了话吗？"

张建龙进来了，杨支书批评说："你咋一转儿就走了嘛，总要坐下听一听会。"

梁书记继续说："乔组长说个别人家修路……"

同时伍乡长也在大声说："你们就都走了咋安排工作呢撒，我们自己给自己安排工作啊？那安排个啥嘛？！"

梁书记好像怕打断他的思路，又好像有意不让伍乡长批评两个年轻人，便放大声音继续说："最后那个乔组长直接就给了她答复，这一路坡度实在太陡，修不了。"

杨支书插话大声问："李华思呢？李华思呢？"

梁书记放大声音继续讲："之后我也给她说了，我们会积极申报。坡度大，水泥路下雪危险，她也就没话说了。"梁书记说的是小文反映没给她家打水泥路的事情。

韦老师回答杨支书的问话："不知道。"

梁书记还在讲另外两户巡察到的人家，说他们反映特别好。

伍乡长大声说："支书，支书还有啥你再说。安排工作呢，你们都转回走了，到时候工作谁是谁的又成了一锅糨子。会，咱们一阵儿就开罢了……你们都转回一走，我在这里白说呢。"

杨支书说："李会计，属于你的资料你要马上整理清楚，放好。"

梁书记插话说："谁的，谁待会儿就拿走，放好。"

会计李生虎推脱说去年缺失的那些资料都不知道到哪里去了，找不回来了，不好补。

杨支书说随后一起再研究研究。

会计李生虎又说前任会计连夜把所有的资料都拿走了。

伍乡长说关于资金方面的资料，每一次报表结束，有可能给村部返的那一份不能及时拿回来，建议报之前就留一份底子，收纳在村委会的盒子里。

外面公路上大货车转弯鸣笛发出很大的声音，这声音直戳戳传进会场，仿佛又来了一个发言人在里面瞎吵吵。

李生虎不等大货车瞎吵吵完就说他现在报完表全部留下一份。

伍乡长说资金方面的，哪怕是电子版也行。所以电脑里面的数据，存着，不能随便删除。

李生虎说最近他报表一直报着四份，留下一份，报上去该返回的那一份拿来拿不来还不一定。

杨支书说填五份，留一份，填着麻烦就复印上。

杨支书指着其中一个资料盒对李生虎说："这上面，那一沓儿，你先拿回去。"

李生虎站起来，打开盒子，向盒子内翻找，找不见似的。

杨支书着急得指着说把上面的本子拿掉，拿掉看。

本子下面压着一大沓乱七八糟的票据。

伍乡长就说："这些都要保存好。不要到时候又找不见了。这些东西，都要装进盒子。哪一年到哪一年都要分开。不要片片扇扇的，又找不见。一会儿，谁的盒子，谁就对照着看好，放到各自的柜子里，不要一拉又找不见了。"

杨支书补充说还有一个门前三包承诺书，签了字的……

谁悄悄插嘴说："还有些字没签。有些时间没写。"

伍乡长严肃地说："生虎看着把这些弄好！"

杨支书说还有安全生产的、环境治理的，有些字没有签。庭院经济的去年他们完成了些，但没有彻底完成。还有上面下达的十万字学习笔记。各人把各人的写好……工作期间照片，包括传达的一些资料。跟一户一档一样，治理前，治理后，比如河滩的淤泥，治理前啥样，治理后啥样，资料都要收集全。

伍乡长又说："安全生产资料盒好弄。每一户签的农用车安全责任书，一户一档早就签好的。咱们把它装起来就是了。还有玉米种植推广工作。种玉米之前是啥样，种玉米之后是啥样。全部把资料收集好装进资料盒。韦老师还有啥？"

韦老师说他没有啥要讲的，只是档案盒子还得再买点。先前的档案盒不规范，窄的、宽的、厚的、薄的，打侧签不好打。巡察组乔组长要求把盒子弄成统一的。

伍乡长打断韦老师的话说纸盒子是脱贫攻坚时候乡上给统一买的，要不全部换掉。

韦老师把话茬夺过去继续说他打侧签，负责收集材料的最好能给他说明这是哪一类的材料。

伍乡长干脆利落地说："列个清单，然后一打装在盒子里，让他们对应着往里装。"

杨支书弱弱地说有些不好分类，有些工作是相互套在一起的。

韦老师又把话茬夺过去说有些资料既属于这类又属于那类。

伍乡长十拿九稳地插话说："有好多工作是重复的。但是重复就重复，咱们在几个盒子内都装上，多印两份。哪一项工作牵扯这个，就给哪个盒子装。他们就看见咱们每一项工作都有痕迹。不要怕麻烦，不要说这个工作是重复的，我只准备一份资料。到时候，问到这项工作，又说资料在那项工作的盒子，又要去找，找起来太麻烦。你现在多复印几份，牵扯到的工作，每一个盒子里都装上，每一项工作都涉及了，也都有了记录。不要检查的时候才翻着找，好像咱们工作没有做似的。王局长把你的工作经验再给我们传授一下，把我们的工作也指导指导，我们也是向你学习学习。"

王局长就是王乡长，因为王乡长以前在县城林业局做局长，后来又调整到乡上做乡长。伍乡长觉得局长工作单位在县城，比乡长牛气，就乐意用王局长称呼王乡长。

王乡长镇定自若地说："没有啥经验。村上有些情况也不了解。但是从全县的大盘子来说，一个是硬件工作，咱们不存在问题。今天我陪乔组长进了三户，可以说三户都不存在问题。那么真正的问题出在哪里呢？是纸上。啥叫纸上的问题呢？就是档案的问题。大家抓住核心的问题，把档案补齐。比如组织部来的那位女干部在查一个关于党员大会的资料，多少名党员参加大会，党员大会才是有效的，咱们这里的党员是多少人？"

"35 人。"杨支书悄悄说。

"35 的 80% 是多少？"

"20……28 个。"杨支书回答说。

"参会党员 11 个人，那叫党员大会吗？这就是给咱们找出来的问题。"

王乡长看见大家都把目光对准了自己，而且也都坐直了，便继续认真地说："对啊。我是当过村支部书记的，也当了一年局长，做过党建工作。去年我是第四督查组组长。我督查过这项工作，知道这里面的细节，就是资料的分门别类。这是第一点。第二点，把所有的档案盒子全部规范统一，给督查组来个第一印象，很整齐。对啊，打开以后，大胳臂大腿，小胳臂小腿，现在把缺的脚指头手指头，该补的补全，到时候啥都有了。比如时间没有记上，比如哪个字没有签，这些东西都要补上。当然，刚才我在查签字的时候，还发现一点，这个签字的时间，是不是和会议的时间有冲突呢？会议是几点几时安排的，比如说卫生整治，你是 2 月份安排的，但是你这个安排签责任书的时间放到 1 月份了，那么，这前后有矛盾，逻辑关系上不对。第三个，关于监测户的问题。监测户牵扯哪几类监测户，属于几类监测户？"

王乡长转头向村支书询问。

没人回答。

"什么叫监测户，大家知道吗？还不知道这个概念？哪几类叫监测户？监测的哪几类户？边缘易致贫户，脱贫不稳定户……"

韦老师好像想起来了，用普通话插话说："脱贫不稳定户，突然严重……"

杨支书这时候也好像想起来似的："刚性支出户。"

王乡长接着这些断断续续的回答继续讲。

"啥叫刚性支出？这个人胳膊折了，腿折了，生了一场大病，大型支出的叫刚性支出。这几类人才会纳入我们的监测。人家要考这个概念，你不懂啊！你说你们去年搞了一年监测，人家就来问你这个概念，你懂吗？'两不愁三保障'，三保障里面，关于义务教育的，这家是不是有辍学的，关于大病医疗保险的。前面进户时乔组长问是不是有大病签约的，慢性病签约的……就是第一家那个女人，她说慢性病没签约。慢性病是不是没签约，要跟村医对接，要跟医院对接。当时我帮着她给乔组长回答，'电子版的签了'。"

梁书记插话说以前签过，有些村民不知道。

王乡长提高声音说："肯定不知道！但是现在有个笨办法。"

他就说他去年在督查的时候想了一个笨办法，可以制作一个纸质的大病和慢性病签约书，叫村民填写后家里放一张，村委会资料盒里放一张。虽然电子签约一时半会儿看不到，最起码能看到大病签约了，慢性病签约了。

"通知书，等于是个通知书，给村民通知了。"伍乡长补充说。

王乡长把话题夺过去继续说："对啊，是签约了。有手机的，一点出来了，没有手机你咋看呢？八十岁的没有电子签约，没有智能手机，你在哪里看去啊？这就叫没有证据。刚才伍乡长说工作没有痕迹。现在工作全要求的是痕迹。所以我总感觉咱们的问题是纸上的问题，也就是从软件资料入手整改，加班加点进行补齐。一个是一个。如果是8号到14号，人家考核评估组的来以后，刚才这位老师……"

"韦老师。"不知谁悄悄提示。

"韦老师说让推送资料的人把标签弄好，注明推送的资料是哪一类，对吧。在这个归类上，刚才也说了，一件事牵扯几个门类咋办？扶贫上也用，安全生产上也用，还有政府工作落实上也用。刚才伍乡长也说了，牵扯三份四份的，复印一下，分门别类全部放到位。比如党建。啥叫党建？支书搞了几年党建了？当了几年支书？"

王乡长扭头询问杨支书。

"四年。"杨支书低低地说。

"啊？"

"四年。"杨支书高声说。

"当了四年。啥叫党建？！只要政府要求干的工作，党员干的工作，都叫党建。打扫卫生，安全生产，就是刮泥、扫路全是党建。党员起带头作用。一个支部一个堡垒，一个党员一面旗帜，党员起先锋模范，是带头的。所以所有的工作都是党建工作，尤其对于你要干的工作思路要清晰。后评估的有后评估方案。根据去年我带队督查发现，全县督查就是四块。一个是工作落实。你的政策落实，责任落实，脱贫成效，脱贫巩固。脱贫攻坚和乡村振兴有效衔接主要是巩固的问题。巩固是啥？这个盒子里面肯定装的是'两不愁三保障'里面的所有的档案资料啊。这就叫巩固啊。水，是不是咱们村有个自来水井被水冲了的事情。这一次水冲了，有记录，随后是不是补救了，这家被冲了的自来水管道是不是给紧急挖了，是不是自来水很快给通上了？那家房子裂缝了，有记录，后来是不是补救了？裂缝问题处理了没有？所有的补救资料，就是巩固的资料。但是这一个资料可以作为救灾的资料，也可以作为安全生产的资料，还可以是危房改造的资料。所以我说的真正核心问题，是纸上的东西。因为工作你已经做好了。我陪乔组长走的三户，是随便走的，都好呢。现在就这两张纸，看你在上面咋画呢。把侧签打好，对啊。比如是工作落实的，责任落实的，还是啥落实的，你给它一下子把标签都打上。工作落实的，这是七个档案盒子，乡上文件下来，县上文件下来，镇上文件下来，村上是不是落实了。有这七个档案盒，我今儿干下哪些工作，政策落实我打下哪些补丁，责任落实我签下哪个责任书。我还有个安排方案，安排方案是啥？比如刚才伍乡长谈到五个问题，随后五个问题的整改方案在哪里呢？要有问题清单，要有责任人，要有整改措施，然后再加一个责任要求，工作要求，这个方案是不是就出来了？问一个问题在前面，下来责任人、责任时限、责任措施、完成情况、佐证资料，对啊。这一个问题就整改沃野①咧。

---

① 沃野：方言，清楚的意思。

"五个问题，五个档案盒子，或者五个夹子，问题打上，封面打好，佐证资料放好，责任是谁，责任时限是啥，档案资料全啦。这就是纸上的问题，最后弄一个汇报材料。考核组来以后，关于这个脱贫攻坚有效衔接的，拿上资料汇报就是了。

"把所有整改的资料放一块子，'两不愁三保障'放一块子，其他问题的放一块子。

"牵扯到村民代表的人家还得要问。你开四议两公开会，那么村民代表到会情况怎么样，村民代表到会的有多少？最起码要多少？来三分之二以上的村民代表这个村民代表大会才有效呢，没有三分之二以上的代表，你这个村民大会没有效。

"所以我就觉着你们把细节性的东西补好，纸上的问题解决好就行了。

"进了三户我看着具体工作其实没啥问题。

"就是村民家里面的卫生要注意。

"你看咱们进的第一户，如果是在四单乡政府，我那时候管的是四单乡政府，也在城跟前，早都把它拆了。

"像那种情况，早把红脊瓦房全给盖好了，不牵扯巡察组进户后围墙到处用椽子乱顶着。如果是四单乡，根本就不存在。

"根据咱们的情况因地制宜。只要不影响'两不愁三保障'就行了。

"媳妇子人也很攒劲，但是家里确实卫生不太好。
这人家返回来又把卫生不好列为一条督查内容，然后
给你当作问题来反馈。

"一点小建议，不成熟，大家参考一下。"

伍乡长总结说非常感谢王局长给他们介绍经验。
又感叹说领导能用这么清晰的思路给他们把工作指导
得这么仔细。

王乡长放开声音说："所有的人，都是感情动物。
一看你这个家里挺直的，人家进去以后对你家里肯定是
点赞的。不但点赞，而且经济上、物质上，使劲给这个
家里给，对啊。

"所以一定要把人的心理抓住。说个不好听的话，
今儿个你这里全放的是金子，但是卫生不好，人家只
在门口上一瞥，转身就走。人家不爱这些烂杆人，对
啊。这家子讲卫生了，干净了，做些甜洋芋面，弄些
苦苦菜，一个人连着吃三碗。"

王乡长插话说七个行政村，每个行政村他都比
较了一下，而且七个行政村中双井村是甘城乡的门面
村，第一道门。所有的领导来，如果从七营开始检查，
转一大圈已经累了，进山里来，看到双井行政村路
牌，"噢！这到甘城乡了，咱们进去先转着看一下。"
不管是明察也好，暗访也好，也不管是好奇也好，随

便坐着跟你扯个磨、聊个天、喝个茶休息休息也好，第一站就是这个地方。桥畔那边都不一定进去。桥畔那边只有抽上了才进去，抽不上，直接这儿一看，一站就走乡上了。然后再过去才抽其他村呢。让大家把规律要抓住。

伍乡长赶忙夺取话茬高声说："就是就是，咱们这个门面就是很重要。确实不敢忽视，做每一项工作都要抱着被检查的态度。

王乡长说你一直当他被抽上。

伍乡长赞同地说一直当他被抽上，就这么弄。这么弄你就最轻松了，因为工作你已经干好了。

山路上的七人座

1

深冬的午后，屋里的光线说暗就暗了，仿佛捆绑
百叶窗的绳子突然从最细处断裂，窗前的光明突然消
失了，只留下一片黑暗的投影散落在驻村干部马老师
的单人床上，散落在办公桌上，散落在整天"嗡嗡嗡
嗡"的老式冰箱上。

马老师背对着窗户炒菜，顾不上开灯。

靠窗根搭建的简易灶台以及灶台上摆放的案板、
水罐、洗菜盆……所有屋内日常使用的家具，一件件
逐个隐藏了细部构造，蜷缩在黑暗中，雾沉沉的。

炒菜锅架在炉盘上，炉火正旺。白铁皮炉筒竖直
朝着石膏吊顶冲上去，在快要顶着石膏板的位置，拐
个直角弯，向房屋后墙上预留的圆孔钻出去。这根白
铁皮烟囱，把炭火烧出来的烟雾源源不断地送到屋檐

128

下。屋檐下的地面上，对直垒着一座小小的冰塔。冰塔明光光的，像一块磨制好的咖色玉器，叫人忍不住想把手探上去抚摸。

炒菜的马老师摸黑撒过调料面，撒过食盐，撒过白糖，才腾出手去开灯。

屋内豁亮了。

马老师炒的是鸡肉土豆汤臊子。此时，汤臊子在锅里咕嘟嘟地响着。

一看表，快六点了，马老师估计梁书记和韦老师快要下班回来吃饭了，开始在手动压面机上压面条。

"嘟哩——嘟哩——"梁书记的电话来了，说他俩还得一会儿才能回来，村部还有事情没有处理完。

马老师把菜锅挪到炉盘上，盖好。听到大黄猫在屋门口喵喵喵地叫着。隔着门，马老师呼唤一声"咪咪"，大黄猫就"喵——"回应一下。马老师掀开棉门帘，大黄猫退后几步看着马老师，保持着安全距离。它看着马老师把早上吃剩的一点炒菜米饭添倒进猫碗里。等马老师转身进了屋，大黄猫才小跑着撵到跟前专心地吃起来。

2

马老师走进前面库房，抡起锤子砸了一些炭块，把梁书记和韦老师盛炭的箱子添满，把他们的火炉捅旺。

轮到给自己砸炭了。

他相中眼前一块，一锤子砸下去，炭块无动于衷。他用炭锤子把炭块捣了捣，让炭块变换一个位置。炭块一动，一大堆炭疙瘩泥石流一样哗啦啦都滑下来，马老师躲闪了一下，跺了跺落在脚背上的炭末子，又去捶打刚才那块炭。

这块炭真是硬得要命，比水泥电线杆还结实。

六一前，学校要给学生举办庆六一暨爱心书屋落成大会。梁书记和季校长商量把校园卫生彻底打扫一下。他们发现西墙根撂着一根废弃的水泥电杆，没什么用处，想清理出去。叫了一辆蹦蹦车太小，拉不了。马老师提议把电杆砸碎再拉。

村里人帮忙找来榔头，几个人就轮换着砸。

梁书记砸得最不得方，榔头抢过去，花拳绣腿似的惹人直笑。韦老师人高马大，"噗噗"往手掌上吹了两口仙气，抄起榔头抡圆了砸。谁知道一榔头下去，电杆上只留一个小白点，反弹力差点让他跌倒。

唯有马老师砸下去的榔头具有粉碎效果。

马老师把榔头抡圆丢下去，腰胯很放松的样子，"吭！吭！吭！"几榔头，空心电杆就被砸残损了，水泥渣子散落了一地，里面的钢筋都被砸出来了。其他人佩服得鼓掌叫好。

至于砸一块炭，对马老师来说，跟砸西瓜差不多。

但是，今天这块炭奇怪了，好像水泥电线杆的魂魄附体了，怎么都砸不烂。马老师用脚把炭块蹬了一下，又找了一个支点砸下去总算砸开了。

也许因为出来端炭没有及时加衣服着凉的缘故，也许是已经端了两斗炭，又是砸，又是端，而且一直弓着腰，气脉没有舒展开来。就在马老师把炭砸好，拾了满满一炭斗，两只手攀着斗子耳朵猛地往起一端——"哎哟！"——腰闪了。

腰直不起来，动不了。

上手的炭斗子脱手砸下来，还好没砸到脚背。

3

马老师弓着腰，停了一会儿，想等等稳定稳定再抬腰。

稳定了好一会儿，腰死活抬不起来，疼得要命。马老师一只手背过去扶住疼痛难忍的腰，一只手撑在墙面上，想缓一缓也许就好了。

人刚一缓下来，思维就格外活跃，平时不想的事情都想起来了。马老师突然想起老穆家建档立卡户被取消了的事情。老穆一甩门，从会场走出去了。马老师想上去劝说，又觉得会场上不好说，还是等会后有机会了再跟他解释吧。老穆平时很信任马老师，马老师也很关心老穆，他是老穆的一对一帮扶干部。老穆的事刚下去，亲家两口子闹离婚的事情又跳出来。老都老了，打打闹闹半辈子，孙子都有了，老两口又闹离婚，有啥不能相容的……马老师缓着腰，胡思乱想。

一阵一阵烧炕的柴烟味，从学校外面飘了进来。

冬天放学早，双井小学空荡荡的，除了晚息前的麻雀叽叽喳喳地在树梢上闹腾，就是村民们烧炕的烟草味道。烟草味从住户密集的地方飘过来，一阵浓似一阵。

马老师嗅到这股味儿，抬头看了看西面，隔着围墙，能看到太阳像一个轮廓清晰的橘红色盘子，一半掩藏在西山背后，一半裸露在山顶，裸露在山顶的一半急速下沉着，分秒必争的样子。

学校是个奇怪的地方。学生在的时候，吵吵嚷嚷，很热火，很拥挤，只要一放学，师生们一离校，校园就会变得像一个荒原，有些瘆人。一般胆小的人，不要说一个人晚上住在这里，就是白天，也没有胆量住。马老师军人出身，四十五岁从部队转业来到宁夏工商学院，当时新校园正在搞基建，马老师被安排在食堂基建组。所以，学校现在使用的几个食堂，从餐桌餐椅的造型、颜色、质量，到门厅牌匾对联字体内容的选择，都凝聚着马老师的智慧和辛劳。马老师是历经过大事情的干部，从来就不知道什么叫害怕。他在双井小学校园里已经生活居住了将近七个年头。驻村干部一般都是两年一轮岗，马老师一来就再没有回原单位，七年连续驻村。

天热的时候，一到晚上休息，马老师会把他的瑜伽垫铺在宿舍门前，斜卧在瑜伽垫上，像个弥勒佛一样，瞅着白天的热气渐渐凉下去，看着月亮从东墙后面缓缓升起来。估摸着老母亲闲下来，他就会把微信视频打开，和远在陕西的老母亲聊聊天。马老师每天都要陪八十多的老母亲远程说一会儿话，还会把镜头对准校园的树，校园的路灯，让母亲看他的驻村生活环境。

马老师一只手撑着墙，一只手按着腰，静静地弓着腰站着、缓着，试探着直直腰，看看疼痛是不是过去了。试一试不行，再试一试，还是动不了。

等了好长时间，越来越冷了，手机不在身边，校园里又没有其他人，马老师开始琢磨自救的办法。

在部队参加野外生存训练的时候，啥困难没有遇到过，这点困难算啥呀！要是上了战场，死都不怕，还怕腰疼。

越过学校西墙，盘子一样的太阳完全隐匿在西山背后了，只在西面天际留下一道金色，涂抹在山尖上。

瓦蓝的天空，渐渐变成了宝蓝，一颗颗星子，一闪一闪亮起来。

马老师的腰痛还没有缓过来，他着急炉子上的汤臊子不要给熬干了。

咬着牙、弓着腰，试探着往宿舍挪步。

哪怕挪一步都很困难。

4

他一只手撑着腰，一只手撑着地面，一寸一寸地往宿舍挪。

深冬地面冻瓷实了，手掌撑在水泥地上跟撑在冰盖上一样。一个人在夜幕降临的时候，四肢着地在空旷的校园里缓缓挪步，怎么看都有些滑稽。

在第一缕夜风的吹拂下，国旗旗杆上的升降绳轻轻晃动着，敲打着钢管旗杆，发出"啾啾"的声响。马老师艰难地往宿舍门口移动着。站在宿舍门口的大黄猫不知道马老师在干什么，只看见马老师的脸离地面那么近。大黄猫好奇地撵了过来，尾巴撅起来老高，围着马老师转过来转过去。"咪咪，快叫人来救我呀。"马老师看见大黄猫，就跟它开玩笑。大黄猫"喵"的应了一声，蹲在地上不知所措。马老师四肢着地又挪了好长时间，才挪了一半路。他抬头看看宿舍门，还有好一段路。扭头朝校门口看，学校大栅栏门关闭着，没有一个人能提供救援。他强忍着疼继续往宿舍挪。看着大黄猫的眼神，马老师心里突然很悲伤，很想念母亲，想念妻子。尝试着把腰直起来大步走路，但还是失败了，只好继续四肢着地，忍着疼痛往自己房间里挪。

从库房走到宿舍，短短三十米路程，马老师用了将近十分钟，疼出了几身汗。

挪到屋门口，马老师把手抬起来，撑在门框上，想缓一缓。大黄猫撅着尾巴，在他裤管上蹭来蹭去。马老师对大黄猫说："咪咪。"大黄猫回应一下"喵"，马老师又对大黄猫说叫人去。大黄猫又回应一下："喵——"

5

隔着门，屋里的手机微信来电铃声《小二郎》欢快地响起来。

马老师天天都要和老母亲视频一回。他把老母的来电铃声特意设置成《小二郎》。

马老师弟兄俩，还有两个姐姐。除了马老师参军离开老家陕西西安以外，两个姐姐和一个弟弟一直都生活在西安。老母亲最牵挂的孩子就是远在宁夏的马老师。

七年前，马老师被单位派驻到双井村做驻村干部，通过镜头，母亲看到儿子从大城市高校工作单位"下放"到农村，就用鼓励的口吻对儿子讲："金保，不要怕，不管到哪里，都要好好听领导的话，好好工作。受苦把人受不死。咱们一家子吃的都是共产党的饭，要听共产党的。单位说咋办就咋办，国家说咋办就咋办。"

马老师就笑着给老妈解释："妈，我们是驻村干部，不是下放。没有住牛棚，住小学教师宿舍。比银川肯定是比不上，比部队野外拉练生活条件好多了。您看，您看。"马老师把摄像头对准烤箱，对准冰箱，对准他的电磁炉、电炒锅，对准他自制的自来水，对准他置办的自动脱水拖布桶，特别对准白瓷砖地板说："妈，这是我们来之前单位给专门贴的瓷砖，和家里一样，干净得很。"

有时候马老师去入户，走到羊圈和牛圈，看到那些可爱的羊和牛，也会抽空打开镜头让母亲看，母亲就在手机那头赞叹不已："这些牛真乖，都是一家人的牛？是不是地主家呀？"马老师就失笑着说："就是地主家。家家都是地主。"

马老师忍着疼痛，挪到手机跟前，点开。

"金保，下班了吧，看看这是啥？"

马老师忍着痛，试探着坐在床边，不行，还是疼得不得了。他又试探着侧卧在床上，稍微好一点。对着镜头跟老母亲说："啊啊，是织布机。哪里的织布机？""你大姐邻居家的，人家是做农家乐的。"大姐在旁边说："带妈看织布机，妈看见织布机高兴得很，一定要你也看看。你下班了？这么早就躺下了。"马老师不敢说自己砸炭把腰闪了,就说饭做好了,等同事回来一起吃,躺下休息一会儿。

能听到电话那边有人撺掇让老人家试一试织布机质量怎么样,考考老人家会不会织布。姐姐把镜头对准织布机,织布机上绷着织到一半的布头,母亲坐到凳子上,手执梭子,脚踩踏板,很有节奏地织布。马老师看着八十多岁的母亲织起布来仍然那么娴熟,心底无比自豪,也更加想念母亲。想起自己小时候特别淘气,有一次尝试"染布",把墨水洒在母亲织的白布上,一匹布被染坏了,气得母亲抡起笤帚打他。

"妈,你先织布,让我姐拍视频给我发过来。同事马上回来了,吃完饭咱们再聊。"

6

马老师听到梁书记和韦老师回来了。

一般他们回来都会先进自己宿舍洗手洗脸,有时候他们还要在各自的宿舍处理一些个人事务。尤其韦老师,还要和上小学的女儿视频一会儿,很久才来吃晚饭。马老师总是隔老远高声喊:"春雷——吃饭——"韦老师,就在他屋里回应:"来喽——"韦老师年轻,把马老师叫马叔,马老师对韦老师像对待儿子那样,给他做喜欢的饭菜。每次马老师高声喊"春雷——吃饭——",大黄猫总要"喵——"的应一声。墙外面是个羊圈,每次马老师喊"春雷——吃饭——",羊圈里的羊们总要"咩——"的应一声。

梁书记先进来，看见马老师躺在床上，觉得奇怪，但又一想，累了就躺着呗。

掀开锅盖看见汤臊子说："臊子都炒好了，我来煮面条。""我砸炭把腰闪了一下。""腰闪了？不要紧吧。""不要紧，躺会儿。压好的面条在盆子下面。""好，我煮面，你再躺一会儿。"

韦老师进来了。

"咦，马叔，干啥累倒了？躺下了？"

韦老师一边把吃饭用的条桌往马老师床铺边上搬，一边问。

"砸炭，把腰闪了一下。没事儿，躺会儿就好了。"

梁书记和韦老师两人配合着，总算把面条煮好从锅里捞到碗里，看上去笨手笨脚的。前面说了，马老师从部队转业到宁夏工商学院。之前马老师在部队上做过司务长，在来双井做驻村干部时，马老师"重操旧业"，除了日常工作，业余就给大家管生活，买菜做饭。马老师做起饭来像变魔术一样快，半小时内，四菜一汤白米饭就上桌了，而且不咸不淡，不油不腻，非常可口。

面条捞好，汤臊子浇上去，满满当当三大碗，摆放在桌子上。马老师又让韦老师从坛子里捞些泡菜，还说他准备的拌黄瓜来不及了，就算了。坛子里的泡

138

菜都是马老师自己泡的，可以一直吃到来年春天。

马老师试着翻身，不行，疼得要命，起不来。

梁书记和韦老师这才重视起来。

"哎哟！咋闪了？起不来了？"

韦老师也紧张起来："马叔，你这咋弄的，从村部走的时候还好好的呀？"

马老师把闪腰的过程仔细描述了一遍，两个人扶着让马老师坐起来吃饭。马老师腰疼得嘴歪到了一边。

吃完饭，马老师继续卧床，大家都想着也许缓过这一夜就好了。

韦老师第一个想到入厕的困难。"马叔，晚上有事你一个人咋办？"

"我准备了。"

7

第二天一大早，梁书记和韦老师就涌到马老师宿舍看望问候做早点。平时早点都是马老师做的。

"马老师，怎么样？好点了吗？"梁书记视力不太好，没有看到地上的夜壶。

"好点了。"

"能起来吗？"

马老师试探着往起翻，还是很困难。

韦老师一进来就看见夜壶了，立刻要帮马老师去倒。马老师难为情地说："我来，我来。"嘴上说着我来我来，腰疼得愣是起不来。

梁书记上前搀扶着，总算起来了，昨晚上马老师衣服也没有脱就窝下了。

"今天就回家，去医院看看。这样不行的。"梁书记一边捅火炉，一边提议。

"马叔，回家吧，这样不行啊。"

"看样子一时半会儿真的好不起来，我还是回家吧。"

三个人商量着让谁送马老师回银川，可是村上还有好多活得往出赶，年底了，事情比较多。最后大家决定让马老师坐杨三的七人座一个人回银川。

虽然学校八点半才上课，学生总是来得很早。八点刚过，天刚亮，学生们就叽叽喳喳地上学来了。

梁书记电话联系好杨三——杨三跑七人座，专跑双井到七营，七营到银川，让春雷陪马老师等杨三。

8

马老师躺在床上，听着校园里学生们热热闹闹地打扫卫生，心里又开始惦记周三下午的课外辅导课没人上。

快十点的时候杨三的车来了。梁书记在电话里让杨三把车开到学校院。

车进学校院里时，学生正在上课。

春雷搀扶着马老师去旱茅厕才回来。

马老师刚准备上车，学校下课铃响了，学生呼啦啦围过来看热闹。

几个五年级女生看见马老师弓腰驼背被人搀扶着往车上挪，吃惊地跑了过来，眼泪哗啦啦地往下淌。马老师安慰她们说："没事儿，腰闪了，回家休息休息就好了。周三的课你们自己组织练习《春天在哪里》好不好？"

她们都是口琴兴趣班的学员，马老师给她们上口琴课已经快两年了。

双井小学没有音乐老师，从前年开始，学校开设了兴趣班。每周三下午课外活动，马老师义务给学生上两节音乐兴趣课，一个兴趣班学吉他，一个兴趣班学口琴。口琴是社会爱心人士捐赠的，总共有 30 把。报名学口琴的孩子有 36 个，口琴不够，马老师就自掏腰包给学生又买了 6 把。还有三个男孩想学吉他，马老师就把自己的吉他捐献出来做教具，让三个男孩轮流学习弹奏。

三个学吉他的男孩也跑了过来，他们看见老师被人搀扶着上车，手伸过去抬腿扶胳膊。

拉着马老师的七座车开出了校园，兴趣班的同学们恋恋不舍地回了教室。

9

马老师坐的这趟车老穆恰好也在，他要去银川看人。

前几天村委会开村民大会，会上，村支书宣布取消老穆家的双到户指标，因为大数据显示他家有一辆小轿车。被取消了双到户指标的老穆很不高兴，会没结束就摔门离开了。马老师一直想跟他沟通沟通，不要让他心里有疙瘩。

马老师躺在后排座上，一个人占了两个人的座位，头枕在老穆的大腿上。路上，马老师以透漏内部消息的口吻悄悄对老穆说："你家双到户名额，不是村上谁故意要取消的，是财产登记表上登记的。大数据筛查，你家有小轿车。按照政策规定，现在不能享受双到户。你的公岗随后可能也要收回的，得有个思想准备。不过，近几年国家扶贫政策一直在变化，也许以后还会有其他补助机会。眼光放长远些，你也是个老党员。"

老穆听着马老师的提醒，舒了一口长气。

明年3月，就退休了，马老师非常想回家，心里也在暗暗地想，总算熬出来了。但马老师似乎又舍不得双井，毕竟在双井生活工作了七年。马老师觉得双井老百姓很好，只是有些干部工作态度生硬，方法粗暴，常常阻碍了工作的正常开展。

马老师买了好多电子表，各式各样的。他把这些表带到双井村，入户做登记的时候拿出来让有小孩的人挑选一块，给小孩上学戴着看时间，也以此留作纪念。马老师舍不得这些小孩和老人，又没有别的东西能表达这份淡淡的心意。

老人们听说马老师春上退休，不再来双井驻村了，突然觉得怪留恋的。想一想马老师究竟驻村七年干了些啥，也好像和其他所有的驻村干部一样，该干啥干啥，没有干啥特殊的事情。你说没有干啥吧，长长七年，村里老人们都知道双井小学院里住着一个马老师，马老师让他们不管黑天白夜，有事就给他打电话，他就住在小学院里。因为有马老师这句话，他们心里感觉很踏实，总觉得有一双随时提供帮助的手摊开在他们的心里。

茶饭好的老太太做的汤碗很好吃，只要遇上马老师入户来做调查，总要拉住马老师坐下来，慢慢吃一碗才让他走。以前马老师从来都推脱不吃，驻村干部有纪律，不准在村民家要吃要喝。可是现在，马老师快退休了，要是老太太留马老师吃汤碗，马老师仍客气不吃，一家人就要生气。生气马老师还是看不起他们，眼看要退休远走高飞的人了，连他们做的饭都看不上吃一口。他们以马老师能不能在他们家吃一碗饭论定马老师和他们家的亲密程度。

马老师也把那些大娘大伯当自己的姑姑姨夫一样看待。

秋天到了，有拉大白菜的车到双井村兜售，马老师就买上一大堆，三个五个地送到大娘大伯家。至于给小孩老人买防寒服，七年了，数都数不过来。困难户几乎都穿过马老师买的棉服。

马老师也没想到，工作大半辈子，东奔西颠的，临了结识了这么多农村姑亲。他们都说："以后马老师要常来看我们啊！我们到银川，就去找马老师。""对对，有事继续找我。能帮的我一定帮。你们跟我老家的姑亲一样。好好保养着，现在农村生活条件多好啊。"

10

头枕着老穆的腿，看不到车窗外变换的景色，但车拐弯，下陡坡他能感受到，而且他知道车在拐哪道弯，下哪道坡，这条山路他太熟悉了。要是自己开车走这条路，啥时候哪个地方会来一辆车他都能预判来。他开着车跑这些弯道，速度都不用降下来，滑冰运动员滑弯道一般，只要把身体重心降一降就溜过去了。

七年前刚来驻村的时候，这里还没有铺成柏油路，车轮子撵在沙石上哗啦啦直响。那些馒头山，屏风一样一排一溜地排列在车前头。车子一钻进山里，就像入了迷宫。

十点钟的冬阳才刚升起来两人高，圆圆的被镶嵌在群山之中，山似乎被拉细拉高了，有些桂林山水的韵味。冬阳照耀下的馒头山，山尖一座座变成了粉红，神话故事里的神女峰一样。河湾里的断崖被晨光晕染成金色，弧形崖面比平时更为陡峭整齐，帷幕般斜斜地伸展在前方。

杨三的七人座被阳光照耀得闪闪发光，一点儿也看不出陈旧来，倒像一辆才从汽车制造厂开出来的新车。其实，因为长期载人，车厢内总是斑斑点点，气味浑浊，尤其横躺在座椅上，距离坐垫那样近，又是老穆的旧大衣底摆，马老师就闭着眼睛想回家洗澡的事情。

腰这么疼，澡咋洗啊……

半截土墙

"轰隆"一声闷响，半截孤零零的破烂土墙倒塌了。

老石家打麦场腾起一阵土雾。

梁书记和马老师站在土雾里拍打着灰土，拍打着蹭在肩膀上的苔藓絮絮，止不住地咳嗽着。

透过土雾，村上请来的铲车远远停在公路边，坐在驾驶室待命的小青年正低着头翻手机。还有几个做公岗的拄着锹把，站在土雾外面，准备动锹平土。

老石站在远处，看见半截烂土墙倒塌后腾起的土雾像一头不想干活的小毛驴躺在地上来回打滚，造起来的土雾贴着小毛驴身子来回直晃悠，让人看不清毛驴的表情和姿态，只看到一团凝聚在一起的土雾贴着地面在摆动。

2

天空干净湛蓝，双井村最外围数不清的山头像盘踞在笼屉里的罐罐馒头，轮廓清晰，整整齐齐。局促而狭长的一块块庄稼地绿莹莹的。圈在馒头山圪坜里的河道无比狭长，无比幽深。两岸悬崖上的庄稼地倾斜着伸向远方。

盘甘公路双井村这一段，像一条搁在山坳里预备拔河比赛使用的粗绳子，松松垮垮穿过庄心，一头搭在西面山梁上，另一头斜斜插进东面石景河。

住着红顶子新瓦房的庄户人家，仿佛准备提起绳子开始拔河比赛的运动员，一个个好像被绳子牵引着，又好像被绳子排斥着。

庄户人家之间的院落似乎也存在着某种吸引力和排斥力。

每一户院落外围都有一处私人打麦场，拥有私人打麦场的农人宅基地合情合理地分布在穿过庄心的盘甘公路两侧，而且一家和一家之间的距离，好像就是农人们祖祖辈辈相依相靠的最佳心理距离。

每家每户的打麦场以盘甘公路做参照，从位置到规模，从规模到草垛摆放，各不相同。从形状看，有圆的，方的，甚至菱形的，椭圆形的，不规则形的，不一而论；从面积看，大的，小的，中等的，也不一而论；从堆放内容看，有的有草垛，有的没有，也不一而论。至于各家打麦场和各家院落之间的位置关系更是不一而论。有的打麦场在自家院落前面，有的在院落后面，有的在左面，有的在右面，偏东的，偏西的，偏南的，偏北的，找不出位置完全相同的两家，也找不出打麦场位置布局的规律。

当然，观察多了你会发现，私人打麦场的位置、面积一般都是因地制宜。山区嘛，连续平坦地段比较少，仅有的连续平坦的地段都被开辟成小块小块的庄稼地，就连那些倾斜度在 30° 以上的山坡，个别地方也被开辟了，只不过封山禁牧退耕还林政策落实后不再耕种罢了。然而，原本曾经是庄稼地的山坡仍一眼就看得出来。所以，只要距离自家院落近便，来去道路通畅，哪里有位置，就把哪里开辟成打麦场，哪里拉草拉麦出进方便就把哪里平一平、推一推打造成打麦场。

观察到最后你会发现，每个打麦场总有一条出路，弯来拐去连缀在穿过庄心的盘甘公路上。

3

老石和老土是邻家，大门都朝向盘甘公路。像早先城市里常见的家属院那样，两家挨得比较紧，有些墙连墙房连房的感觉。两家宅基地地盘也比较方正规范。当然，这两家宅基外围可供向外扩展的空间基本为零，因为挨着他们两家的，又是别的人家。

老石家打麦场在院子东边。

老土家打麦场却在院子后面。

老石要走打麦场十分方便。

老土要走打麦场很不方便。

本来沿着老土家西墙，也就是他家牛棚后墙——从公路向北岔出去很短一截便道，就能通到老土家打麦场，但就在老土家牛棚后墙西侧，平行地竖立着老石家半截破烂土墙。这截破烂土墙让便道看上去像一条窄巷子，窄巷子一头连接着盘甘公路，一头连接着老土家打麦场和河湾崖畔上面的庄稼地。

4

"轰隆"一声闷响倒塌的，正是这半截破烂土墙。

老土老婆隐藏在她家院内，脚踩在草垛上，十指抠着墙头，暗暗露出一双眼睛，围观驻村干部梁书记和马老师的工作成果。当她看着为了推倒破烂墙，梁书记和马老师一会儿用肩膀顶，一会儿用双手推，而且两人为了把力量取齐取平，低声喊着一二、一二的号子，忍不住滚下泪来，心里五味杂陈。她认为隔壁老石仗着有三个儿子，势力大，把她家老土欺负得时间太长了，欺负得太狠了。二十多年了，这堵墙一直在给她家老土置气，这回终于让驻村干部推倒了，一口气总算出了。当然，她也很担心，担心半截烂塌墙倒塌后的残骸坠落在巷子内把她家牛棚后墙打垮。当她目睹梁书记和马老师背朝她家牛棚，站在巷道上推揉，把烂塌墙推倒后又站在土雾里咳嗽着，拍打着衣襟和肩膀上的尘土干草絮絮时，心里既心疼两个驻村干部，又为自家牛棚后墙没受损伤而高兴。看着被推倒的塌墙废墟散落在老石家干净的打麦场上，她更觉得驻村工作队梁书记和马老师公正、无私、能干。在推倒这堵破烂土墙的事情上，她家五保户老土终于受到驻村干部的照顾占了上风。

可怜她家老土都八十多岁了。

5

推倒的破烂土墙迸出好多土坷垃。

有几块土坷垃好像老土老婆从她家墙头上暗地里投掷出来的弹丸，精准地落在老石眼皮底下。

老石气狠狠地踢走蹦跳到他脚下的土坷垃——老石年龄也不小了，也已过了古稀——土坷垃朝向老土牛棚后墙蹦了过去，差点砸着梁书记和马老师。老土老婆把脖子一缩，眼睛从墙头上隐去了。

在老石心里，烂塌墙的倒塌，把他和老土宅基地之间的界限擦掉了，把他不想看到老土家经济发展新状况的屏障拆除了，尤其把他用来证明老土家手扶拖拉机总是把自家干净平整的打麦场边沿压成扁扁的证据销毁了，他有些不乐意。

这堵墙，是二十几年前老石带领三个牛犊一样的儿子亲自筑起来的。

6

自从筑了这堵墙，老石感觉他把老土从心理上击垮了，从此老土从他眼前消失了。尤其在打麦场干活的时候，只要朝那堵墙的方向看，和老土有关的任何信息，甚至一溜排挨着老土家的东面其他人家的所有信息，全都不见了，只有一道属于自己的高墙矗立在眼前。特别是午后在打麦场干活，阳光照耀过来，半截土墙一片光明。朝北能看到远处光秃秃的北山；朝南能看到距离不远的南梁；朝西看是自家的房屋和院子；朝上看，上面挂着大太阳。老石感觉宽天阔地，土墙给他带来安全，带来清净，带来他和老土家地界的一清二白，也带来他和老土明争暗斗好多年后的大结局，从此眼不见心不烦。

谁知道二十几年后，驻村干部来整顿村容村貌，要把他这截残垣断壁推倒，铲平。

烂塌墙倒塌的一刹那，老石觉得早已烟消云散的心魔又来了，他感觉老土在讥笑他，笑他当初就不该置气筑墙。

老石踢飞的土坷垃落在巷子里，好像重新把他和老土家的地界划分清楚了，他不占老土的，老土也别占他的。

至于通往老土家打麦场的路为什么会变成女人咽喉一样的窄巷子，让老土家打麦场出进变得不畅通，那是老土自己不仁不义造成的，与他老石没有一分钱的关系。

7

想当年包产到户划分宅基地那会儿，老石占了生产队打麦场的一多半，老土占了一少半，两人都是自觉自愿做邻居的。当时村里把这两块地划拨给他们两家做宅基地。有人喜欢这里，觉得这里是全村的中心，又平整，又宽敞，离公路又近，出出进进非常方便；有人嫌弃这里往后没有自由开辟私家用地的可能性，没有避风向阳的崖畔，没有自由取土垫圈的土坎儿。虽然站在这里环顾四周，感觉这里就是双井第一生产小组所有良田玉米地的中心，但又给人无依无靠风吹日晒的空旷感。住平川的人，喜欢一马平川；住山区的人，大多还是喜欢傍山靠崖。

相对双井村的大户人家杨家和马家，老石家算是小户；相对有三个儿子的老石家，老土家算独门独户。老土祖上在甘肃，早年从部队上转业下来，落户在双井村，还做了村干部。遗憾的是老土没有子嗣，后来领养了一个女儿，养女给他生了好几个外孙，外孙都是在外爷家院里玩耍长大的。其中一个外孙落户在外爷家，跟外爷姓了土，做了外爷的家孙子。老土常常给上面下来检查工作的干部解释说："我的确无儿无女，是村上的五保户，享受的是五保户政策。院子里为啥又有一栋孙子盖的补贴房？我无儿无女，哪里来的孙子？原因就在这里。"现在，老土家院里有两栋非常漂亮的红顶起脊大瓦房，其中一处是老土孙子的，一处是老土的。老土孙子能干，在其他地方置办了住处，这里一院子两栋好房子都是老土看守的。老土答应孙子，自己过世后，这个院子，这些房子，全都要留给孙子。老土住的这栋房子盖得早，盖得结实，农村危房改造时期不符合改造条件，没有拆除重盖。做自来水项目时，村上只把屋檐改造了一番，做成收集雨水的廊檐管道。这个廊檐管道做得好，恰好把已显陈旧的松木椽头包裹进去。现在，白铁皮包裹着的廊檐管道好像给廊檐描了一道银边儿，太阳一照，闪闪有光，非常显富。老土老婆也常对来她家做五保户慰问的各级干部讲："日子好得很，满满两窖水。"

8

然而在老石眼里，老土在双井村没有资格占取生产队打麦场这样好的地方，更不应该享受五保户政策，因为老土有孙子。当年村里把最平坦的一块地方一分为二划拨给他和老土，老石表面上同意了，但从心里有些不太服气，他认为老土只不过当了几年兵，政策上懂得多，笔杆子能绕几个字，其他方面都不如他。老土认为老石死脑筋，喜欢蛮干，没有文化。两个人一见面就抬杠。冤家路窄，村上划分宅基地的时候，两家又划到了一起。因为他俩都喜欢集体用过的打麦场。

当初村上在划拨土地界限时，在老石和老土两家中间预留出一条能走人力车的连户路。后来两家逐渐产生的小矛小盾，全都是因为当年村干部们在预留连户路的时候，没有预测到未来的发展速度和发展情况。老石和老土自己也不会预测到二三十年后，自家后代居然开起了私家小轿车，拥有了大挂车。三十年前预留的路面，那是供人力车用的，现在走、站都是小轿车、客货两用车，原先预留的路窄，哪里够用呀。

9

三十年前，通往老土家打麦场的这条路很畅通，一边是老石家打麦场，一边是老土家的敞门敞院。那时候老石家和老土家都没有院墙。老土家出进打麦场做运输凭借一辆人力车，路也是按照人力车通行标准预留的，自然出进自由。

渐渐地，老土家因为子女少负担轻，经济条件很快就提上来了。

老土从河湾里拉来黄土，给自家筑了土院墙，还买了手扶拖拉机。

早先两家都没有院墙，只是两处距离很远的黄泥房子。老石家的黄泥房子旁边是他家堆放柴草、晾晒粮食的打麦场；老土家的黄泥房子后面，是他家堆放柴草、晾晒粮食的打麦场。

由于老石家和老土家中间夹着老石家打麦场，所以一般看不出两家有明显的地界。

老土家筑了土院墙后，两家的地界就显现出来了。

随着农民进城务工政策和措施的不断调整与优化，老石家很快也富了起来。

老石儿子多，外出打工干活挣钱的人多。家里有老石老两口种着庄稼养着牛羊，外面有三个儿子四处打工往家里寄钱，老石家的经济条件像一盆发面那样扑哧哧膨胀起来。富起来的老石马上组织三个儿子从河湾拉土，给自家筑造了崭新的土院墙。

10

老石新筑起来的土院墙棱角清晰，方方正正，快赶上杨家古堡子的威风了，又好看又安全。老土家土墙因为筑造得早，风吹日晒，已经失去了棱角。

老土没有子嗣，抱养来的女儿也已出嫁。但人少也有人少的好处，老土能吃苦，老婆能省钱。过了两年，女儿女婿帮助老土把黄泥房子拆掉，盖起五间砖木大瓦房，还在院子西面盖了一处牛棚。牛棚的后墙竟然还是用砖头砌的，宽银幕一样，非常醒目地对着老石家打麦场。

每次老石在打麦场干活，越过墙头，便能看见老土家崭新的五间砖木大瓦房被太阳照着。

老石几个儿子一个撵一个长起来了，一个撵一个向他索要媳妇。老石拉账借债娶了三个儿媳妇，家底一下子掏空了，想盖一处像样的牛棚都挪腾不出钱来。

老石就在卫生上下功夫，在自家打麦场边沿上下功夫，想着以后自己经济条件好了，要把打麦场用土墙围起来，再也不用看着老土家的砖墙砖房闹心。虽然给打麦场筑一圈土墙暂时力量还达不到，但给打麦场周围堆一道矮矮的土坎儿完全可以。一来明确打麦场的地界，二来可以阻拦盘甘公路上倾斜下来的洪水。老石一个人用人力车从河湾里往上拉土，一车一车地拉，一车一车地堆，而且每天坚持把打麦场内风吹跑乱的柴草清扫归置一次。

11

春天山区风多，风大。有一次老石正在清扫打麦场，老土看见了随口说："风么，天天扫，天天刮。"老石心里希望老土把他家的打麦场也天天扫一扫，不然风刮来的全是老土家打麦场里乱丢的柴草。

老土自然不可能照老石的想法去做。

后来，老石一清扫打麦场，就觉得老土藏在暗处说："风么，天天扫，天天刮。"

有一回风刮得大，老土家打麦场的柴草被大片大片地吹到老石这边，老石等老土自己来清理，老土不来，还说："几根柴草……"

老石把吹散的草扫拢，捆起来，抱过去扔在老土家大门口。

还有一回，老土家手扶拖拉机的轮子把老石家打麦场边沿隆起来的土坎儿不小心压成扁扁，老石就招呼老土以后开手扶小心些。

接下来又有几回，老土家手扶拖拉机弯子没转好，胶皮轮子一直碾到老石家打麦场内部，平整干净的打麦场被碾成了酥馍渣子。

老石不乐意了，和老土吵了一架。

老土觉得老石家那边是打麦场，让出一点当作路面用也不影响老石家打麦。老石觉得你家那边是牛棚，牛棚向内收缩一点也不影响牛拉屎。再说了，这截土路主要是走老土家打麦场的通道，几乎不影响其他村民出行。

吵架的结果是老石置气，筑了半截影壁一样的土墙，让老土家的手扶拖拉机轮子再也辗不到他家打麦场的土坎儿。

12

一开始老土看见老石从河湾往上拉土，不知道他要干吗。

老石拉来的土越堆越高，老土才知道老石要筑土墙。

老土和老石又吵了一架。

13

吵架归吵架，筑墙归筑墙，吵架阻挡不了筑墙。

对应着老土家牛棚后墙，竖起了老石家一截土墙。

这一截土墙，让老石心里舒服多了。

夹在老石打麦场和老土家牛棚后墙之间的这条路成了两家关系好坏的测量仪。

其实这段路是个死胡同，不到五十米长。半截路的顶端就是庄稼地，庄稼地顶端就是河湾的悬崖，悬崖下面就是石景河。

将近二十年的时间里，去往老土家打麦场的半截土路边上坚挺地竖立着老石家半截影壁土墙。这半截土墙就像老石的手掌终年按在老土的肩膀上那样，让老土极不舒服。老土家去往打麦场的路因为老石家的半截土墙，从此变得又窄、又细、又长。

老土也只能忍着。谁让自己当年盖牛棚时没有想到把墙朝院内缩一缩，留出能走手扶拖拉机、小轿车甚至走大挂车的空间呢！谁让自己条件好了买了手扶拖拉机出出进进拉草拉麦把人家打麦场的土坎坎压成扁扁呢！谁让自己没有预料到社会会发展得这样快呢！老石往人家打麦场边沿筑一道没头没尾的土墙，那是人家地界上的事，咱们确实管不了，也没有理由管。

14

2022 年春天，甘城乡村容村貌整治领导小组来双井村检查工作。

乡领导把车停在村委会的大院里，村委会一班人全都从办公室走出来站在台阶上迎接。因为事先乡上召集过村容村貌整治专题会议，对今天检查工作早已做了安排，所以大家见面后没多啰唆，站在院里粗略地议了议就往村里去了。

一大帮干部从村委会大院里走了出来，走在最前面的是三个乡干部，双井村驻村第一书记梁军和村委会主任等人错后半步紧跟着。

他们远远就看见老石家打麦场堆放着几个草垛，挺整齐的。绕过草垛，一截难看的土墙斜刺了出来。经年累月的缘故，这截土墙看上去十分颓唐，没有一点筋骨，一副残垣断壁的破败相。乡干部弄不清这截土墙的实际用途，梁书记也弄不清，村干部说他们也弄不清，反正二十几年了就堵在这里，前不着村后不着店，好像是打算筑长长的围墙把打麦场围起来，打了半截又因故放弃了似的。乡上干部手指着说："问是谁家的，推了。"

一伙人继续边往前走边检查。他们看见一个栽着好多果树的老院子。院内房屋布局非常讲究，正房左右两侧对称的两个月亮门通往后院，东厢房和西厢房造型颜色也都一模一样，非常对称。一圈院墙也是用砖头砌的，棱角分明，直来直去。大门楼和院里的房屋样式、颜色一致，是二十年前非常流行的——小窗框木头门窗，墙面穿靴戴帽，双开门，起脊，深檐。

最有特点的是大门外。

大门外面就是盘甘公路，主人家就在大门外公路边砌了一圈一尺高的砖头墙，这一圈砖头墙，让他家三合院又有了一处头道院。

乡干部指着说："占用公共通道，不安全，拆了。"

一伙人又走到一处，看见众多的红顶大瓦房中间夹着三间破败的黄泥房子，黄泥房子前面有一棵枝条婆娑的老榆树，也没有院墙。乡干部指着说："人呢？""自主移民了。""盖不盖？""确认过了，不盖。""不盖就推了。"

一圈走下来，需要村干部执行拆推的地方有好几处。

15

乡干部走后，村委会召开紧急会议，把涉及拆推的户主一个个邀请到村委会大礼堂，老石也来了。

村委会把甘城乡治理村容村貌的文件宣读后，再让梁书记给大家做了口头解释，涉及拆推的人就都回家了。

会后，几个村干部分头深入各家开始谈落实。

梁书记和马老师承包的是老石家的一段烂塌墙。

"老石，老石在家吗？"

老石从正房迎了出来。

梁书记、马老师、老石，三个人站成三角形。

"老石啊，你也是个老党员，村上工作还得你带头支持。你看那半截土墙……把你家阔气的大瓦房都伤害了。"接下来梁书记又给老石聊"六尺巷"的故事。临了老石说："梁书记的工作我大力支持。三尺六尺的，你们说了算。推，行呢，等我儿子回来，我老两口推不倒。"

"你儿子回来啥时候了。村上统一请的有铲车，集中两天要落实村容村貌。"

"……"

老石沉默着。

"老石，你先签字，字签了再说。"

梁书记把签字表格拿出来，老石签了字。

马老师说："只要你同意推，谁推都一样。到时候我跟梁书记过去帮你推吧。"

老石又沉默着。

梁书记把签字表装起来走了。

16

整治村容村貌，执行推铲残垣断壁破烂无用土墙的日子到了。梁书记和马老师往老石家打麦场走去，老石跟在后面，老石老婆跟在老石后面。村上请来的铲车从村委会院里缓缓开了出来。老石家烂塌墙要被执行拆除，声势浩大，牵扯的人和参与干活的人，还有闲散看红火的人都撵过来了。

这会儿大家的眼睛都盯着老石的反应。

马老师围着土墙转了一圈，查看土墙从哪边推比较安全。梁书记也围着土墙转着看方向，两个人交换着意见。老石老两口袖手站得远远的，表情十分凝重。

老土老婆隔墙听到梁书记和马老师在说话，脚步声踢踏踢踏的，一会儿走过来，一会儿走过去，跟推磨一样，不像路过。墙根堆着草垛，老土老婆灵机一动，爬上草垛蹲着身子往墙外瞧。老土也听到墙外面的嘈杂声，浅浅地佝偻着腰，走出大门，转到小巷口一看，吃了一惊。

这是要干吗？

17

老石看着他家这截倒塌后的破土墙，脑海里浮现出大犍牛宰倒失去生命后侧身躺在地上的景象。他觉得土墙倒塌后散开的土坷垃，跟大犍牛开膛破肚后牛胃牛肠子争先恐后滑出来一样惊心动魄，那股突然爆炸开又缓缓向一个方向泼散的土雾，跟大犍牛肚子里冒出的热气一模一样。

隔着土雾，老石看到老土院墙上露着一双眼睛，不用细看他都知道那是老土女人，因为老土站在巷道口，眼睛瞪得大大的。

18

老石和老土又吵了一架。

吵完架，一截烂塌墙不一会儿就被铲倒摊平了。

双井村脱贫攻坚指标完成了，建设美丽乡村指标也开始落实了，农业种植从小杂粮和旱地麦子逐渐转向饲料玉米。借助华润万家公司西门塔尔牛养殖项目，大多数人家转向养殖业。当然，一部分人还在种植小杂粮。

老石相对老土年轻些，也在养牛致富。尤其老石提着点种玉米机，一粒一粒往土里种玉米时，从背影看，还跟小伙子一样刚强。

老土年龄实在太大了，看着老石圈养的西门塔尔项目牛，一头又一头，非常眼热，非常羡慕，遗憾的是他实在扑腾不动了，只能享受五保户政策，过着衣来伸手饭来张口的老年人的日子。牛圈空空的，打麦场也空空的，路宽宽的，闲闲撇着，整整齐齐，干干净净。

19

再后来，老石悄没声息地拉来几根废弃的、细细的、矮矮的水泥柱子，吭哧吭哧挖了些土坑儿，吭哧吭哧把水泥柱子栽进去，又吭哧吭哧拿来几截铁丝，做了一道不大醒目的、无伤大雅的铁丝墙。铁丝墙占地少，老石把原来一米宽的土墙墙基全部撇给老土家当路用了。

游学

1

戴红领巾的小学生，42 名，全都是海原县甘城乡双井村小学三年级和五年级的。他们正在参观宁夏工商学院"技术创新职业教育体验示范中心"。

周教授把中心大楼大门打开的一刹那，穿着夏季短袖校服的小学生兴奋得黏成了一疙瘩，队形都快要乱了。周教授惊诧地左瞪一眼，右瞪一眼，黏成疙瘩的小学生心领神会迅速散开，恢复成一条直线，拽着周教授的后衣襟鱼贯而入，秩序井然。

"领域拔尖人才的感觉终于找到了。"

"是是是。"

周教授的妻子陪伴在周教授身边，怀中抱着吃奶的孩子，趁小学生认真参观门厅展板的空档和周教授开了一句玩笑。

因为是暑假，"技术创新职业教育体验示范中心"专职讲解学员无法到场，专职开关大门的管理师傅也不能到场。中心主任周教授原本要带着妻子和孩子去老丈人家聚会，为了这群学生，他把家庭聚会时间往后推了推，回到"技术创新职业教育体验示范中心"陪小学生参观。

开大门的是他，做讲解的也是他，保证治安的还是他。他打算参观结束后直接去老丈人家。

为研学活动大老远过来的农村小孩儿对"技术创新职业教育体验示范中心"充满好奇。

周教授心里着急参加家庭聚会，每带孩子们走到一处，都像滩羊奔跑着躲避老狼一样快。

周教授个头高，走路又快，一大帮小孩儿滩羊尾巴那样，滩羊一路奔跑着，肥肥糯糯的羊尾巴震颤着、摇摆着。

周教授边走边讲解，唇齿之间好像架着一挺叩开扳机的机关枪，"哒哒哒哒哒哒"连续不断往出输着句子。

展台前，小孩吸附在周教授衣襟边寸步不离，像被磁石吸引的铁屑细粉那样密集。

大家一会儿攒在这个展台跟前，一会儿攒在那个机器模型周围。

从一个展厅往另一个展厅拐弯的路上，周教授走得实在太快了，跟在他后面的小孩跟老鹰捉小鸡游戏里的小鸡那样，突然被甩出去老远，似聚非聚的四路纵队都快要被甩散架了。有的小孩儿痴迷在实物展台前忘记离开，负责"追尾"的班主任撵过来接连不断地呼喊着："别发呆，快跟上！"

无人机按用途分类可分为军用无人机和民用无人机。军用可分为侦察无人机、通信中继无人机等，民用有巡查、农用、气象等。来到无人机授课教室，周教授大步流星地走着，指手画脚地介绍着。

走到无人机教学体验馆，恰好几个准备参加全国比赛的大三学生在做集训。

大学生往他们要钻研的无人机操作台前一站，手在遥控器按钮上"啪啪"两拍，台面上的几盏工作指示灯亮了。亮起来的指示灯有的是红色，有的是绿色，小孩瞪着好奇的眼睛瞧瞧这个，看看那个。

操作台上的小屏幕也被打开了，小孩儿好奇地呼啦啦围拢过去，一个个仰着小脸，仔细瞅着几个大哥哥，想知道他们接下来要干什么。

"把投影打开，你们几个指导小学生们洒农药吧。"

周教授把工作安排给准备集训的学生，又打电话招呼能到岗位的管理员尽快到位，冲妻子一招手，带着妻儿偷偷溜走了。

双井小学的孩子们按照集训大哥哥的要求，排成长长的队伍，一个接一个站在大屏幕前尝试洒农药。

大哥哥手里端着操作盘，站在那里开始做示范，和玩游戏相似极了。

只见他眼睛盯着大屏幕，手指头轻微地在遥控器上挪动着。

大屏幕上展示的是一望无际的青青麦苗，上面是辽阔无边的天空，朵朵白云缓缓地飘浮着。

隐隐约约，能听到鸟儿的啁啾声，还能听到无人机的嗡嗡声。

一架黑色无人机不知道从哪里突然就钻出来，大家看到的时候，它已经停泊在大屏幕右下角麦田边的空地上，黑色机翼还在缓缓旋转着。

排队的孩子们一会儿捌到左边，一会儿捌到右边，一个个伸长脖子想看个究竟。他们想知道无人机究竟从哪里钻出来落在空地上，更想知道接下来大屏幕上会发生什么。

突然，无人机的嗡嗡声大了起来，屏幕上无人机的机翼飞速旋转起来，直到旋转成了一团烟雾后，"嗖"的一声腾空而起，"唰"的一声从麦田的这一头，向看不到尽头的远处飞了过去，在它的尾部，水雾喷洒着，缓缓地滴落在青青的麦苗上。

过了几秒钟，无人机又从屏幕深处天和地相连的地方缓缓出现在屏幕中央，形态由一个黑点渐渐变成了无人机，轮廓渐渐清晰起来，机身越来越大，飞行时发出的"嗡嗡"声也越来越响。

随着遥控器上发出的指令，无人机居然在天空中翻了几个跟头，比孙悟空在云端翻筋斗还要灵活得多，漂亮得多。

孩子们被无人机播洒农药表演深深吸引，一个个争着抢着要体验操作。

大哥哥指着操作盘上的按钮做了简单的介绍示范后，把操作盘交给排在最前面的一个小孩。

小孩一按按钮，屏幕上猛然出现一架无人机，小孩再一按按钮，无人机螺旋桨开始高速旋转，等小孩再次按下按钮时，因为操作不当，飞起来的无人机一头栽到了青青的麦田里，燃起一大片火焰。

小孩吓得快要哭了。

大哥哥耐心地接过操作盘，又给小孩指导了一遍，刷新了火焰燃烧的界面，屏幕上燃烧的火焰消失了，又是一望无际的青青麦田。

小孩振作精神，开始第二次操作。这次的农药喷洒虽然有些凌乱，但总归成功了，而且无人机也顺利地返回原地。

当无人机平稳降落在麦田边的空地上时，小学生们一起鼓起掌来。

就这样，几个大哥哥让每一位想操作的小孩都体验了一把。其中，一个个头不高的小男孩竟然无师自通地让无人机在天空中翻出漂亮的跟头。

2

大家正兴味盎然地尝试用无人机喷洒农药，一个小女孩呼叫紧急救援。

专门负责孩子们健康的老师快步走到小女孩身边，驻村干部韦春雷老师端着照相机也匆忙赶过来。

小女孩蜷缩在地上，脸色苍白，额头上不断地往出渗汗。

她的闺蜜弓着腰在她脊背上轻轻拍着，哄孩子一样哄着。

"怎么回事啊？！哪里不舒服？！"

陪同孩子们一起来游学参观的梁书记也赶了过来。

梁书记上唇挤压着下唇，左眉头连接着右眉头，谁都能看清梁书记心里很紧张。

"前面她就说肚子不舒服，可能是天太热了吧。"小女孩的同学说。

梁书记蹲下去，耐心地询问着情况。

"啥时候开始不舒服的？是不是下车吃冷饮了？"

42名学生，陪同出来游学的有三位教师，一位校长，两位驻村干部，还有一位家长。王女儿儿子先天性癫痫，学校研究不让他来银川游学，不安全。孩子说什么都要来，最后决定家长一路陪护。

离开双井村之前，大家早就做了分工，梁书记负责在前面联系各参观点上的接洽工作；校长负责站在队伍最前面把学生往参观点上带领；韦老师负责摄影记录拍视频；三位教师形成半包围形，跟在学生队伍后部。其中一位女教师负责女生的健康安全，一位男教师负责男生的健康安全。

"李星星老师，要不你先带她回宾馆休息一会儿，看看要是还不能缓解，就呼我，咱们送孩子去医院。"

"我……不去医院……是喝冷饮了。"蜷缩在地上的小孩儿嗫嚅着说。

"不让你们随便买雪糕冷饮，纪律没有讲过吗？"

李星星老师有些着急生气，语气也显得不太好。梁书记示意少安毋躁，心想：看来去下一个点的时间只能往后推半小时了。

3

现在想来，给谁谁着急。

这么多小学生，长途跋涉，其中还有一小时的崎岖山路，大轿车总共要走将近五个小时，大家才能从双井小学来到银川市区，来到宁夏工商学院宾馆，去往事先安排好的几个游学参观点。没有相当责任心的人，是不敢安排这样的游学活动的。

可是梁书记在双井村驻村做第一书记期间，如此大型远距离的游学活动，居然安排了两次！

去年一次，今年又是一次。

去年前来游学的学生是原四、六年级的部分学生。

今年安排的是原三、五年级的部分学生。学生年龄最小的只有十岁。

游学前一周，梁书记挨家挨户跟家长做了沟通，向家长询问孩子的状况，包括晕不晕车，出门爱不爱乱跑，家长愿不愿意让孩子出门游学。

"愿意得很！让娃娃出门见识见识。娃娃眼望上初中了，七营街道都还没去过几回。"

家长对梁书记组织的游学活动举双手赞同。

从双井村到七营街，沿途全都是山路，又窄又崎岖，也没有班车。村民们要去七营赶集，前些年一直坐的是"三二八"。"三二八"是当地人对农用三轮车的昵称，意思是车有三个轮子，开车的司机有些"二"，坐车的乘客大都是"八成人"，言下之意，坐三轮赶集安全系数极差。

这几年跑运输的车子款式型号改善了，有一辆七人座常年奔走在从七营到双井村的柏油路上。但要白白花车票钱带小孩去逛七营街，一般老百姓还是不大乐意。

现在，驻村干部要为小孩租大轿车，免费拉着小孩去首府银川游学，真是天上掉馅饼的大好事。

这年月，带一轿车小孩，长途跋涉出校门去游学，没有担当的人，想都不敢想。

梁书记再三考虑过，还是决定在他做驻村第一书记的两年里，带孩子们去银川游学。梁书记认为"见识"对一个小孩来说非常重要。

4

梁书记的出生地远在盐池大水坑。

说来盐池县是个出人才的地方。

一个方圆不到 100 里的乡镇，当年和梁书记一样通过初升高拔尖考试考到县二中重点班的，同一级就去了七八个。现在这七八个人都在单位重要岗位上任职，也都已经快到退休解甲归田的年龄，可是大家清晰记得第一次来到县城的欣喜和惊叹。尤其舅舅带着十二岁的梁军第一次到首府银川的情景让他永生难忘。宽敞的南门广场，漂亮的南门城楼，十字路口上下班高峰时拥堵的自行车流，街道上缓缓行驶的大公交车——"车辆右转弯，车辆右转弯"。80 年代银川南门繁荣的景象，在梁书记看来比书上读到的课文内容更丰富具体，印象更深刻。

梁书记决定，无论有多大困难，他都要带着双井村的小孩走出大山，把精彩的外面世界展现在小孩们的眼前，让他们从小就知道电视、手机上所能看到的高楼林立的大城市，就在走出山峦后的不远处。

梁书记把游学报告打上去后，宁夏工商学院领导马上通过了，同意给同学们免费提供大轿车，免费提供两晚学院宾馆住宿，免费在学院餐厅用两天餐。就连同学们将要参观的动物园门票学院都给购买好了。

也许对于成人来说，去银川城逛一圈，去动物园看看猴子老虎，太平常了，没什么稀罕的。但对于一个刚开始认识世界的孩子，而且能和小伙伴一起成群结队地走出家门游学，去动物园看长颈鹿，去大学校园看看未来，那该是多么幸福的事啊！

5

崭新的大轿车又高又宽又长，四面全都是茶色玻璃。

大轿车第一次走山路，山路第一次接待大轿车。双井村的小孩儿首次乘坐如此豪华的庞然大物。

当专门为接送他们去首府游学的豪华大轿车缓缓从陡坡路上开过来，孩子们一个个兴奋得快要跳起来。

村文化广场人头攒动。

文化广场"乡村大舞台"的大字被大轿车挡在了背后。

家长们站在一面，学生们站在另一面，两边的人隔空相互还在交流着："去了听老师的话！千万不要乱跑！""去了把老师跟紧些。不要乱花钱。""走路看着些眼前头，不要只顾东张西望。""让你儿子把银川的楼背一栋回来你养牛。""哈哈哈！"

　　大轿车把小孩一个接一个护揽到它肚腩里落了座。家长们眼瞅着最后一个小孩的脚后跟收进轿车门，轿车自动门缓缓关闭了，家长们看不到小孩了，全部看不到了，被茶色玻璃阻隔了。只看到大轿车缓缓倒退，缓缓调转车头，缓缓从文化广场开出去，攀上了盘甘公路的缓坡，很小心地开始加速，很小心地往村外开去。

　　在大轿车的后面，马老师开着自己的小轿车，拉着双井村最年长的、带着学前班的刘老师跟了上去。

　　一转弯，山腰挡住了家长们的视线，大家看不到大轿车高高的车身，连马老师的小轿车也看不到了，迎面又开过来一辆大吨位的半挂车。半挂车碾过进村的减速带，发出巨大的颠簸声。半挂是空车，速度又快，遇到减速带发出的声音很吓人。家长们的心一下子都悬了起来。这么大、这么长的半挂车，和那么高、那么长的大轿车要在陡峭、盘旋的山路上会车，轿车上拉着他们的小孩儿，实在是不敢多想！

　　坐在车内的孩子早把爸爸妈妈的叮嘱忘记了，比坐在教室上音乐课还要兴奋。在李星星老师的组织下，孩子们分成前后两组开始拉歌。行驶在山路上的大轿车，把孩子们的歌声扭来扭去扭成了油炸大麻花。孩子们不管三七二十一，使劲呼喊着："星老师，来一个，星老师，来一个！"

6

为了保证安全，大轿车一路上开得比平时要慢许多。

中午一点左右，大轿车来到了宁夏工商学院大门口。

大门口有一个非常大的广场，足足有四个标准化足球场那么大。

大轿车开进双井村文化广场，跟骆驼卧在秤盘里一样拥挤；开进这个广场，一下子小得像蚂蚁虫，顶多算是个蚁后。

坐了五个小时长途汽车的小孩，一个个晕晕忽忽，迷迷瞪瞪。有的苏醒了，鼻子压在茶色玻璃上往下看，有的还窝在座位上睡觉。司机把车缓缓开到伸缩门前。雕刻在大理石上的"宁夏工商职业技术学院"几个大字，比大轿车轮子还大。

安保人员慌了神似的从岗亭里跑了出来。

夏天，天气炎热，安保人员不停地捏着皮管子往广场上洒水降温。特别是岗亭前面，水洒得跟刚刚下过雷阵雨似的，到处都是水洼。安保人员着急慌忙跑过来，鞋子踩到水洼里湿到了鞋帮也顾不了。

"干啥干啥？！"

大轿车门开了，梁书记走了下来。

坐在岗亭凉棚下的值班领导这才慌忙站起身，小跑着过来迎接梁书记。

"啊哈！梁处长，梁老哥。"

两个人渐渐靠近了，一个年轻，一个年长；一个白一个黑。

"游学的小孩。"

"哦……游学的小孩是不是安排到宾馆了？"

"这帮小家伙午饭还没有吃。餐厅刚联系过了，饭做好了。"

"先去宾馆，把行李放好再去餐厅吃饭。疫情，大车不准进校园。从宾馆直接去餐厅。"

"宾馆从哪边进？"

"东面。"

韦春雷老师也从大轿车上走了下来。

车门缓缓关闭了。

梁书记倒退着，举起两只手，举起来的手大象耳朵一样朝后煽动着，导引着大轿车调头、转身。安保人员和年轻的值班领导也都抬起胳膊热情地指示着去宾馆的方向。

"宾馆大门是敞开的！对直往进开就是了！"值班领导最后喊着对梁书记说。

学院宾馆接待大厅布置得非常温馨雅致。

中间有一池浅浅的清水，清水里漂浮着几朵粉色的绢布荷花，周围点缀着草绿色绢布荷叶。池子周围装饰着矮矮的木格万字花栏杆。

对应着一池清水的天花板上吊着带流苏的顶灯。虽然是白天，顶灯没有打开，但从远处窗户里透进来的自然光，让玻璃流苏暗暗闪动着细微的光芒。

池水一侧是登记吧台，另一侧布置的是旅客休息厅，休息厅分散着乳白色布艺圈椅。因为空间比较大，窗户少，又没有开灯，整个大厅像梦境一般，似乎有些明显的大轮廓，又有些不大清晰的细微处。只有梁书记讲话的声音，非常清晰明朗，回荡在幽暗的宾馆接待大厅内。

"同学们，进到房间后不要高声喧哗，要保证房间床单干净整洁。进到房间就把拖鞋换上，洗脸池的水龙头用完要记得关闭。书包用具搁在桌子上，不要放在床上。一个房间两个人，除了姊妹两个的住在一起，其他人全部随机，不挑不选。半小时后大厅集合去餐厅吃饭。"

要是没有梁书记的讲话声作证，在场的小学生真感觉眼前可能是个梦境。

穿着校服的农村小孩儿高高低低站了两排，一长排女生，一短排男生。每个小孩脊背上背的，手里提的，鼓鼓囊囊，疙疙瘩瘩，浑身上下都散发着来自甘城乡双井村的特有气息。

"拿到房卡后，女生，跟李星星老师往右拐；男生，跟季校长往左拐。"

孩子们懵懵懂懂地点着头，手里举着房卡。

"老师——我们的灯不亮。"

"老师——我们的门打不开。"

"老师——我们找不见拖鞋。"

忙活了一阵后，孩子们终于安静了下来。

"大厅集合，去吃饭——"

7

连接食堂和宾馆的有一个很隐蔽的通道，孩子们在大厅集合好后，又拥挤着沿路返回。

他们经过了自己的房间，又经过好几段光线昏暗的过道。过道迷宫一样套过来岔过去，如果不是最前面有宾馆服务生带路，孩子们谁也不可能顺畅地走完这条通道。遇到直角拐弯的通道口，明明看见前面是通道的顶端，排队的小孩却义无反顾直戳戳往墙壁上撞。走在后排的人，感觉前面的人走到墙壁跟前就突然消失了，真像在梦中。每个人谨记把前面人跟紧，步子要走快点，生怕走慢就会被陌生昏暗的通道一口吞噬了。

原来宾馆大楼和食堂大楼不在一个区域。

宾馆大楼临街，也是学校最东面的一段围墙。

食堂大楼深居在校园内部，和校园内无数教学大楼、实验大楼、行政办公大楼有序地排列在一起，让整个校园变得像个小县城。孩子们觉得进了校园就像进了城，宽阔的路面，高耸的楼房，整齐的道旁树，绿化带里盛开的鲜花和青葱的马莲叶儿。

只是校园里空荡荡的没有人影儿，孩子们走在校园里，跟落在汉白玉栏杆上的花蝴蝶一样清楚。

早上从家里出来就开始排队，上车排队，下车排队，住宿排队……每走一步都在排队，孩子们快要被排队折磨疯了。走在宽绰的校园路上，任凭李星星老师再怎么招呼，同学们也排不成队形。梁书记就说："算了吧，散走。"

梁书记的一句"散走"把孩子们救了，米花出锅一样，就差"嘭"的一声巨响。

偌大的校园，除了路上刚刚凋谢的白色槐花，就是偶尔飞过枝头的一群鸟儿，剩下的全都是寂静和空荡。

散走的孩子们，仿佛枝头飞过的鸟儿散落在槐树下啄食槐花，叽叽喳喳，乱而有序。三人一攒，四人一撮，边走边打闹的，边走边追逐的，边走边聊天的。大家早就看到正前方有幢四层楼，生活气息很浓，设计感非常强。凸出来的门厅回廊，凹进去的三楼柱廊式露台。两根遥遥相对的外挂通天柱矗立在凸出来的门厅两侧，通天柱上外挂着一副对联：芸芸高校英才当思一粥一饭来之不易，莘莘工商学子恒念半丝半缕物力维艰。字是湖蓝色行书，底是铁锈红柏木，看起来色彩鲜艳而又雅致，读起来犹如父教母言。圆形门头匾额上写着"宁夏工商学院职工餐厅"。

关于这些细碎复杂的观察，只有季校长和几个老师重视了，其他小孩像没有看见似的，一步也不停留，直戳戳就往餐厅玻璃门里钻。

马老师驻村之前原本就在宁夏工商学院后勤处工作，他早早就到餐厅给孩子们订餐，协调出餐窗口，等孩子们从宾馆绕了一大圈来到餐厅的时候，孩子们的饭菜已经全部准备好了。米饭、薯条炸鸡根、炝锅小白菜、麻婆豆腐，外加一根热烤火腿肠。

梁书记和马老师都参与到盛米饭的工作里面，帮孩子们盛米饭。

有两个五年级的女孩，个头高，人也有眼色。她俩唧唧咕咕商量了一下，把自己手里已经盛好饭菜的餐盘双双搁在餐桌上，跑过去请让梁书记和马老师先吃，她俩来给大家盛米饭。

有几个五年级的大个头男生端饭早，没等后面人端上，他们的盘子已经吃空了，又端着空盘子去排队。窗口师傅递话过来说饭是按人数、按量做的。梁书记和马老师就把自己的饭卡拿出来，请窗口师傅再炒些鸡根给孩子们吃。

也许孩子们从早上出门到中午快一点了才吃上饭的缘故，也许是吃学校餐厅的饭换了口味，每个人似乎都比平时食量大出许多，到最后梁书记又担心孩子们掌握不住吃得太多撑坏了。

一顿午餐预计半小时结束，实际用了一个小时大家才从餐厅安全撤出去。

8

下午三点多，游学的孩子来到中山公园观赏动物。

多数小孩都是第一次进动物园，一个个兴奋极了。

梁书记观察到几个五年级的女孩很奇怪，她们一看见笼子里的动物，神色一下子不对了。远远望去，几个女孩满目惊恐和疑虑，嘴唇一撇一撇地想要哭鼻子似的。女孩明显不喜欢这里。梁书记不知道她们惊恐老虎的威猛，还是疑虑狮子的真假？

"你们几个怎么啦？怕啦？别怕，有笼子，它们跑不出来。往那边去看吧，那边有丹顶鹤、白鹭、鸬鹚、白孔雀。李星星老师——带这几个女同学去禽类园看看吧。"

进动物园参观预计一小时，实际两小时都过了，孩子们还不想出来，想继续留在里面。

从动物园出来，梁书记又安排孩子们去城市污水处理厂参观。

这一天又是走路，又是参观，孩子们累垮了。晚上到了宾馆，说话声音都没有了，一个个非常安静，软塌塌地坐在床铺边上等饭。

孩子们平时也没有进门就洗手洗脸的习惯，懒懒地不想动。梁书记和几个老师跑出跑进盯着让孩子们打起精神梳洗梳洗。

梳洗完毕，大家精神来了，又集合排队往餐厅吃晚饭去了。

梁书记跟了整整一天。

9

第二天上午安排的是中国移动宁夏公司科技馆，下午是学院实训基地。

实训基地和真实工厂车间很像，噪音大，空间拥挤，没有给孩子们留下好印象。

在孩子们眼里，实训基地是一个稀奇古怪的地方，甚至有些恐怖吓人。平时见惯了双井村浑圆的山峁、温和的土梁、寂静的天空，突然来到一个机器轰鸣、噪声充耳的地方很不适应。

实训基地马惠斌老师手执麦克风使劲宣讲着，孩子们一脸懵懂。实训基地老师发出的声音这边刚一出来，就被那边机器轰鸣的声音吸收了，根本无法辨识。孩子们的眼神有些惊恐，目光无法锁定到宣讲老师的脸上。从后面看，站成两排的孩子们的头颅东倒西歪，不知道他们各自把头扭到一边在观察哪一个稀奇古怪的机器。有几组机器，比三层楼还要高，上面的管子、盒子、疙瘩、片片、叶轮……乱七八糟，样式奇异，无法一一描述清楚。

宣讲老师指着地上的安全黄线呜呜啦啦地讲着，脚掌在地面上拍着演示着。学生和老师好像基本明白似的频频点着头。

宣讲老师在前面走着，手中拿着话筒讲着。在他旁边，还有一个助教帮他提着重重的音箱。

大家走到一个三层楼高的大机器旁边，不知道这个机器的头在哪里，脚在哪里，腿在哪里，只看见一大堆金属物件组合在一起，形成一组图像十分陌生的画面，画面上的图像不像山梁，不像骡马，不像土豆萝卜，也不像房屋建筑大卡车，在双井村小学生的眼睛里，就是一大堆造型奇特的铁坷垃。在这一大堆铁坷垃的缝隙里，竟然"钻"着三个大哥哥，手在电脑控制面板上忙活着，只有他们带滑轮的椅子深深吸引了孩子们。三个大哥哥坐在带滑轮的椅子上，哧溜从这端滑到那端，原来那端还有一组电脑控制面板，他们就这样在几个面板前穿梭着、操作着，控制着大机器的运转。大机器这边凸出来一个零件，仿佛山头发生平移一样震撼。突然又在那边隆起一个部件，大怪物翻身打哈欠一样可怕。

孩子们的眼睛不够用了，不知道该看哪里，不知道下一秒哪里会出现什么样的新情况。那种无比巨大的噪音，把讲解老师的声音彻底压倒了。

有的小孩已经提前跑到安全出口处等待了。他们不喜欢这里，因为看不懂。

当大家来到珠宝展馆时，孩子们松了一口气。这里有五彩缤纷的宝石原石，也有工艺精湛的宝石琢磨艺术品。据讲解员说，这个宝石实物展厅价值连城。

10

时间过得实在是太快了。

晚上七点，梁书记组织师生在宾馆二楼会议室举办游学分享会。

孩子们谈得最多的是科技馆和动物园。

一个高年级女孩儿说："我看见斑马旁边有一个牌子，'不准给动物投喂零食'，我知道动物是不能吃零食的。"说到这里，她停顿了一下，用手掌遮住了半边脸，"我有点紧张嘛。"她又补充说，"动物也是有心情的。动物不应该被关起来。看到小动物，我想到了自己。我感觉……我感觉我和小动物……一样，只不过……我是被困在大山里……"说着，她哭了起来。

还有一个高年级女孩儿说："我最喜欢科技馆的穹幕，超级真实，真像在海洋里一样。好多的鱼，伸手就能触摸得到。将来我要做海洋生物研究专家。"

小孩们一个挨着一个发言，有的还提前在笔记本上写底稿，笔头顶着下颚想啊想的。

11

这次游学最后一个参观点是闽宁镇博物馆。

孩子们看到博物馆里一张巨大的黑白照片，惊异极了，这不就是自己的妈妈吗？

照片上，一位年轻妇女，侧身匍匐在山地上用铲子在挖掘，究竟她在挖掘什么已经不重要了，重要的是她挖掘的姿态：充满了力量，充满了执着，充满了无奈，充满了抗争，充满了青春的气息……能感觉到她的背后有一个温暖的家，家里有老人，有孩子，有她的麦田和羊只。

这张照片反映的是南部山区农人们艰苦的生活。

今昔对比，孩子们又从照片上看到了贺兰山下的葡萄园。搬迁到贺兰山下的西海固移民，在闽宁镇过上了幸福美满的生活。在葡萄园里工作的妇女们，一个个笑逐颜开，脸蛋跟葡萄一样又圆又饱满。

梁书记说："孩子们，你们的爸爸妈妈有时候出门去打工了。他们去了哪里呢？有的就是到这里来打工的。看看，是不是有的把家都搬到这里了呢？也许未来，你们也能把家乡建设得跟这里一样富裕呢。怎么样？好不好呢？"

12

梁军书记驻村生活是有期限的。在短短两年的驻村生活中，可以懒政，也可以勤政。在懒政和勤政之间，梁军书记选择了后者。特别是带学生走出双井，来到银川游学，让双井的下一代早早打开眼界，这样的工作将无法考量绩效，然而效能又是隐形的、巨大的、无量的。

打篮球

1

"喂，喂，参赛队，把人组织起来。看队牌，列队，马上列队！！"

接近十一点半，韦老师再次对着麦克风，强力招呼着前来参加大会的村民们。

已经列过一次队了。

十一点左右，前来参加开幕式的参赛队，按照小学张老师的要求，以"运动员方阵为中心、群众散阵围绕半圈"的造型站好了。

运动员方阵第一排是六年级学生组成的仪仗队，第二排是各参赛队领队，第三排开始是篮球运动员。群众散阵三人一伙、两人一攒地绕在运动员方阵边缘，像给运动员方阵绣上了不规则的花边。

因为银川来的嘉宾路上堵车，没能按时来到村里，笔直的运动员方阵站了大概有十分钟，许多运动队员的腰肢渐渐塌陷了下来，队列也涣散起来。有的队员手插在裤子口袋里，往地上啐一口，从队列里走了出去。有的队员蹲在地上，拿一根柴棍棍在地上划拉着，和蹲在对面的人聊天。至于花边一样的外围群众则更不用说，三三两两地走来走去，手袖在袖筒里站着聊天的有，张嘴打哈欠的有，相互逗着抬杠说笑的有，眼仁扑腾扑腾发呆的有。

2

突然，一个小孩腰弯曲着，小手按在胸口上呻吟起来。小孩手里提着的队牌朝下垂着，快要从小孩手里脱落了。旁边的同学围拢急切地询问着。张老师看到突发情况，撵过来替换了另外一个预备队员。指派了几个学生搀扶着胸口疼痛的小孩往村委会大会议室去了。

"谁家的小孩？"

"咋回事啊？"

"可能早上没吃就来了，胃疼。"

韦老师看到突发状况，离开调音台，撵去询问情况。调音台上的播放指示灯上上下下忽闪着，《运动员进行曲》连续不停地播放着。

韦老师拍拍小孩的脊背说："坚持住，给妈妈打电话没有啊？给，现在就打。"

小孩接过韦老师的手机，给妈妈打了电话。

几个学生簇拥着胃痛的小孩往村委会去等妈妈了。

大家都侧脸远远地瞧着，不慌不忙，认为小孩突然肚子疼，可能是着凉了，没啥要紧的，天气冷，去村委会喝口热开水就好了。

3

过了二十分钟，快十二点了，韦老师估摸着银川的嘉宾无论如何都快来了，因为会前拟定的开会时间是十一点半。他看了一下手表，又一次通过麦克风招呼大家排队。

"开幕式马上就要开始了，请参赛队员快速列队！快速列队！！"

韦老师工作非常认真，从部队上转业回来，在宁夏工商学院给大学生教授微机课。2021年，韦老师和梁军处长一起被选派到双井村驻村。刚来的时候，韦老师工作不太熟悉，还闹出一些不愉快。

4

那是韦老师第一次入户统计收入。

韦老师和村委会妇联主席李委员一起去了杨有俊家。

按照亲戚辈分算，李委员还是杨有俊的婶婶。

一般入户统计收入时，村民是有抵触心理的。杨有俊面对端着文件夹填写表格的韦老师说："你们爱咋问咋问，爱咋写咋写，我不签字，我不认，我没有这么多收入。共产党发的钱我一分都没见着。凭啥我家就没有低保？马明家有收入，凭啥吃低保？我最看不惯的就是你们这些当官的，眼睛就盯着共产党的几个补助，往自己亲戚跟前揽。共产党的钱我一分都没拿。我跟你共产党一分钱的关系都没有，凭啥我要给你说我的收入？这个字我不签。"

杨有俊就这样冲他们高声说气话。主要是说村委会在执行国家扶贫政策的时候优亲厚友。

最后杨有俊又说："我不缺钱，我们家条件好着呢，没有那么差，非要吃你们的低保。我就是看不惯你们这些当官的。我这个人，不是个讨吃嘴。我从来不向共产党伸手要这要那，就是看不惯你们这些当官的把共产党给的扶贫款胡拨乱派填黑坑。"

韦老师就说："是是，你说的这些事情我下去再了解一下。第一，你说的，包括马明家不该吃低保的问题，这些事情都是在我们驻村干部来之前发生的，属于历史遗留问题，暂时一下子还解决不了。第二，你说你没拿共产党的钱。是的，你是没拿共产党的钱，你是一般户，是脱贫户，你不用拿共产党的钱。可是你老父亲呢？你老母亲呢？他们和你分开过，不是同一户。他们年纪大了，干不动活，他们是贫困户，是养育了你的老爹老娘。他们有高龄补贴、有低保。他们总拿共产党的钱了吧。你怎么能说你跟共产党没有一分钱的关系？"

"反正我是脱贫户，我跟你共产党没啥关系，这个字我不签。"杨有俊高着嗓音说。

李委员一听杨有俊开始撒泼耍小孩脾气，气得转身说："走走走，咱们走。"李委员已经不想和这个糊涂的侄儿多说一句话。

韦老师拉了一把李委员："先别走。"

韦老师觉得李委员似乎有些不敢面对她这个侄儿，因为杨有俊的确表现得太凶了，太蛮横不讲理了，说话声音又大又响，快要把房顶掀翻了。

"李委员，走啥走。面对困难要迎难而上，面对矛盾要敢于迎面直击。解不解决的，咱们要有个态度，能不能解决是一回事，敢不敢面对是另一回事，这样躲着，好像我们做了啥亏心事似的。咱们跟老杨讲道理嘛，哪能一走了之。"

5

韦老师瞅了瞅炕沿，走过去坐下。把表格夹子合起来，搁在炕上，把笔帽盖上，夹进表格夹，拉开畅谈的架势，真心诚意地跟杨有俊详细询问村里每一个历史遗留问题，了解前因后果。

两个人一个坐在炕沿上，一个坐在小凳子上，一直聊了一个多小时。李委员气呼呼地靠着门框听了一会儿，都是她早就知道的事情，转身出去跟杨有俊女人聊天了。

按照工作计划，那天上午韦老师和李委员要走好几户做收入统计，而在杨有俊一家就花费了快两个小时，两个人只好下午加班再去其他几家。

杨有俊态度从不签字生气、抵触渐渐转变了，不但给他的收入情况签了字，还笑呵呵地给韦老师倒了茶。而且从此以后见了韦老师，老远就热情地打招呼："韦老师好！吃了吗？"

虽然和杨有俊聊了一个多小时，但韦老师觉得彼此还是没有彻底聊透，还需要时间继续沟通，只有充分沟通，才能把杨有俊的心结彻底打开。

6

杨有俊的心结就是看不惯村里不公正的现象。

"那您说说，自从我们驻村干部来了之后，村上哪个事情不是通过公示大家共同商讨解决的？有一件不透明的事情，只要您能指出来，我们马上去核查。我们工作队的职责就有一项：监督。您说以前的事情不公正，现在您可以投诉、举报、监督，您有这个权利。不论您是不是党员，只要是村民，投诉、举报、监督，这个权利都有。"

"我不想举报，他们都是我远远近近的亲戚，一个村上住着，低头不见抬头见的。"

"您在谈工作的时候，您谈党员权利和普通老百姓权利，您在行使您的权利的时候，您又要顾及亲情和友情。当然人本来就是个复杂体，爱，爱不得；恨，又恨不彻底。所以，您自己一定要想明白这个事情，没有绝对的公平，有些历史问题也解决不了。咱们只能是正确看待这个问题，面对这个问题，要么您就认命，要么您就抗命，您既不认命，又不抗命，夹在中间您自己难受。"

聊到最后，杨有俊说："呵呵，今天要是像一开始，你们转身走了，我就再也不想见你们了。我们家这个门，你们以后也别想进来。呵呵！好啊！"

"我也是第一次入户，不知道您的情况。"

7

的确，韦老师初来乍到，不了解入的户区分为"脱贫户""监测户""一般户"，当初他还没那么多概念，以为入户调查收入就是按照表格上的项目逐个问一问，填一填。所以他一上来就问人家："你家有低保吗，多少钱？有养老吗？多少钱？你家有几头牛？几只羊？谁出去打工？收入是多少。"甚至"见犊补母""退耕还林""公益岗收入"等补助项目，逐个低着头按照表格上的栏目一通密集提问，还想快快结束，把表格填好走下一户。原来有些项目是"低保户"才有的，有些项目是"监测户"才有的。韦老师不知道现在的扶贫政策把村民们的身份按照收入情况分门别类。到村民家里，有些和身份无关的问题，最好不要问，一问，村民就来气了。户主是党员的，有党员的问法；户主是普通群众的，有普通群众的问法；脱贫户是脱贫户的问法；监测户是监测户的问法。在初来乍到的韦老师眼里，有就有，无就无，多就多，少就少，有啥复杂的。渐渐地，韦老师顿悟了，做农村工作，真的是要用心去做的。一般户不享受有些扶贫政策，那就不能问；问了，一般户会生气的，不高兴听。我没享受到这些补助政策，我这里正不高兴呢，你还明知故问地问我有没有享受？有没有公益岗位？你们都是当官的，我有没有你们不知道吗？！我明明享受不到公益岗位，心里正不平呢，你们倒又来问我公益岗位的收入是多少，这不是又要勾起人心中的怒火，勾起人家痛苦的回忆吗？一来就问到人家的痛点上，谈到人家不想谈的伤心往事，一不小心把人家的伤疤揭开了，人家能给你好脸色吗？

8

现在好了，韦老师有了很多农村工作经验，也有了很好的群众基础，就算今天把大家忽悠了一次，让大家白白笔直地站了十分钟，但也没人生气，等韦老师第二次招呼大家整队的时候，大家依然像小孩一样，快快跑了过来，站到规定好的位置上。

《运动员进行曲》响着，韦老师的声音掺和在里面喊着。

"喂，喂，参赛队，把人组织起来。看队牌，列队，马上列队！！"

韦老师用的是大学教授们常用的普通话。

还别说，通过混响效果的装饰，韦老师的发音和音色似乎有了电台主持人的播音效果，很正式，很温和，很洋气。

特别是从双井村文化广场大喇叭上传出来后，让所有在场的人精神为之一振。

在场的有各参赛队的队员，有小学六年级学生组成的仪仗队，有等待领取"阅读之星"奖品的成年人和小孩儿队，有喜欢参加文化活动的众多村民。

围观者中女性很少，只有个别妇女，为给孩子添衣服，从家里出来了。

一个妇女一边低头给孩子穿衣服，一边摆动着脖颈留意周围的人和事，羞羞答答的。

等孩子的衣服穿好后，她就匆匆离开了。

从背影能看出她是精心打扮后才来的，匆匆来，又匆匆去。从她羞羞答答、匆匆忙忙的神态中，传递出双井村多年以来固有的风俗——女人不多在人前头活动。

梁书记也常常想，假如双井村的风俗习惯是允许女人多在人前头活动，也许双井村的文化广场就有用了，广场上可能天天都会有跳广场舞的媳妇儿婆姨。遗憾的是，梁书记来到双井村快两年了，这个文化广场一直是寂静的，只有"文化广场"四个很醒目的大红字，日日夜夜站在文化广场舞台上暗自飞舞。如果不是这场篮球比赛，这么好的文化广场两年也派不上一回用场，白白摆放在村委会大院隔壁，仅供人们参观。

9

正月十三，天气稍微暖和了。

再过一天就要打春了。

打春后，村民们一个个又要出去打工。有不出去打工的，驻村干部还要动员他们走出家门，不然填写收入表时又得是空白，或者就得稍微编一编数据才能完成工作任务。

做过教师的人都知道，每到中考前，校长都要和老师订升学率。提前预订好的升学率，达不到的，秋后必然要扣钱；超过预订的，成绩下来必然要发奖。

现在农村工作也会填写预测收入报告单。

因为天灾人祸，不可避免地出现预测收入达不到的，责任干部是要受惩罚的。于是就会出现个别假数据现象。

梁处长对这种状况也是很头痛，但是政策就是这样定的，有时候他们也很无奈。

驻村干部马老师春节回西安老家看望老母亲还没有赶回来。

　　篮球场落成典礼和篮球比赛不能再往后推了。

　　合同上规定，有些工程款是要在落成典礼完成、第一场大规模篮球比赛结束后结算的。

　　篮球场去年入冬前交工，村民们已经使用了好几个月。都是因为外出打工的篮球队员没有回来，加上春节期间大多数人都阳了，甘城乡政府决定把篮球邀请赛再往后推一推，让村民们的身体恢复恢复再说。周边乡的确有阳过的村民，因为过早参加剧烈运动，不幸痛失生命。所以，从上到下，举办一次大规模篮球邀请赛，大家都很谨慎。

　　从初冬到初春，篮球邀请赛一推再推，从秋推到冬，从冬推到春，从年前推到年后，从初一推到十三，如果再推，过了正月十五，村里的年轻人就要出去打工了。

　　一场篮球比赛留不住打工人的脚步。

　　马老师探亲还没有结束，大家也等不了了，会场上的主要工作人员自然又少一位。今天的活动只有韦老师一个人在调音台前忙活。又要播音，又要播放，还要维持参赛队的队形。其他村委会的干部，还要负责其他接待任务和 保障会场安全任务。

10

早上九点，太阳还没有升高，东南边的山梁已经把巨大的影子投放在村委会院里，投放在文化广场，到处冷飕飕的。

韦老师和村干部李华思把音箱从村部吭哧吭哧搬到文化广场，把麦克风撑起来，又和几个村民站在舞台上张贴背景布。背景布上写着"甘城乡双井村篮球场落成庆典暨'振兴杯'篮球邀请赛开幕式"一行大红字。

不一会儿，执勤的交警开着执法车来了；派出所的执法民警也开着执法车来了。还有远处的村民，开着小汽车来了。其中一辆小汽车车门打开，竟然搀扶出一位白髯飘飘的老人。白髯老人红光满面，水貂皮领子的长大衣下摆一直垂过了膝盖。他让儿子搀扶着，往有太阳的地方走过去。迎面过来的老乡们亲热地和白髯老人打招呼："阿伯也来了！"

韦老师看见好几个上了年龄的大伯相继来了，就让李华思去村委会会议室搬了些折叠椅。这些上了年纪的老人，坐在墙根避风处有阳光的地方，等待观看开幕式和篮球比赛。因为他们的孙子就是篮球队员，他们要看孙子们在篮球场上的英姿。

11

"这里不能停！这里不能停！往广场后面开。后面！后面！"

随着时间的推移，又有好多开车的村民往文化广场这边聚集。

交警手忙脚乱地高声指挥着车辆。

"路边上也不能停？"

"不行！都往路边上停，再来的车就过不去。往广场后面开。后面！后面！"

广场后面村集体预留的耕地，当作临时停车场。

小汽车从远处开过来的时候，一个个轮子擦得非常干净。等小汽车往村集体预留耕地上开进去时，车轮子一头攮进解冻后的虚土里，耕种的牛蹄子一样，满是尘土。

事先，谁都没有想过停车的事情。

谁能估计来现在的村民行走都是小轿车呢？！

大家预想到的情景，也许是三十年前的光景。

如果是三十年前，村里举办一场篮球比赛，只要预留出围观群众站脚的空地就行了。

现在，一场即将开始的篮球邀请赛，一下子吸引来好多小轿车。

篮球比赛又成了小轿车展示比赛。

无论远近，有小轿车的人家，都把小轿车开过来了。

"村委会院里有停车位，停到那里去。"

"不行！不行！一会儿银川来的大车，县上来的小车，得给留着。"

大家嚷嚷着，调配着停车位。

远处拐弯的地方，又有过路的大卡车轰隆隆开了过来。

"往里靠！人都往里靠！"

交警站了一排，把他们的执勤车斜插在路边上，开着警示灯。他们穿着制服，套着荧光背心，背对着文化广场，面对着公路上来往的车辆，反反复复地呼喊着，维持着交通秩序，生怕出现不愉快。

渐渐地，三轮摩托也开来不少。

车手也不下座位，叉着两条腿，脚踩在刹车上，随时要走的样子。

交警就围到他们跟前，责令往安全处停靠。

12

平时文化广场上一根头发都没有，今天人头攒动，车辆拥堵。

大喇叭上《运动员进行曲》使劲播放着，好像有人在一团烈火下面使劲扇风一样卖力。

文化广场分为舞台和广场两个区域。

舞台上空空的，只有一杆麦克风支架和一面背景布。

渐渐地，太阳照耀到背景布上，背景布上闪烁着光点，油亮亮的，有了 LED 大电子屏幕的荧光效果。

舞台区域空空如也，台下观众站无虚席。

一架准备拍摄的无人机在试镜头。

无人机从高空飞过去，看过来，拍摄镜头前竟然有些人山人海的效果。

文化广场东西两边的红色标语布，一头固定在地面上，一头固定在和路灯一样高的钢丝绳上。长条的红色标语布排成一排，东西两侧拉成对称的两道斜坡。

斜坡上成行成行的白色仿宋字，构成了两本顶天立地的大书。

西侧书页上写的是："铸牢中华民族共同体意识""民族团结是我国各族人民的生命线""全面推进新时代文明实践　推进乡村振兴""积极推进农田水利建设　确保国家粮食安全""扶持'铁杆庄稼'增加农民收入""大力发展覆膜西瓜产业　鼓足农民'钱袋子'"。

东侧书页上写的是："培树'两个带头人'发展发挥支部＋合作社作用""大力推广'党支部＋'模式　推动经济高质量发展""加快土地流转进程推进土地集约化发展""推进母牛扩规增群　增加农民致富渠道""壮大村集体经济　发挥联农带农机制""大抓红梅杏产业　打造生态富裕新甘城"。

不看这些标语具体内容的人，只觉得密集的红色标语布渲染出喜庆、紧迫、豪迈、盛大的气氛。

仔细看过标语的人，定会热泪盈眶。

为了农村的振兴与发展，众人一起鼓劲使力！

13

被韦老师再次整顿起来的参赛队员，个个精神抖擞，摩拳擦掌。

其中一个参赛队队员穿着村上统一购买的运动服，排成一路纵队，插在其他参赛队中间，像用彩笔在白纸上画了一条醒目的线条。

早上九点前，参赛队还没有到场的时候，双井小学张老师就带着学生做仪仗队形训练了。

张老师是老师范生，写得一手好字，讲一口流利的普通话，琴棋书画样样拿得起来。

因为还在正月，张老师穿着春节新置办的深蓝色毛呢短大衣，中式立领上绲着一圈黑色水貂皮，毛茸茸、亮晶晶，把人衬托得特别年轻，仿佛只有三十岁。站在一帮小学生前面，示范立正、行进、托举队牌的动作，跟文艺片里的镜头一样美。

"同学们，咱们先把队牌立在胸前，立正姿态。"张老师边讲解边示范。

"然后向左转，举牌。听口令统一举牌，举过肩膀。"张老师拍着自己的肩膀给学生做示范。

"听口令，齐步走。绕主席台前走一圈，然后回到原位。明白了吗？"

张老师怕学生不明白，自己又排头，托举着队牌，迈着行进步伐，挺胸昂头地走了半圈。

走到有太阳的地方，阳光照耀在张老师的身上，呢子上衣显得更新宣、笔挺了。从远处看，张老师根本不像有三十几年教龄的老教师，反而让人觉得他刚步入校园，还是体育学院训练出来的大学生。张老师示范给仪仗队孩子们的动作，在双井村文化广场上，在远处冬眠着的山梁前，是独一份的标致和潇洒。

"来，同学们。照老师刚才示范的，走一圈。"

听到发令员高声下发指令："立正——向左转——齐步走——"

举牌队八个小孩，个个挺着胸，昂着头，沿着张老师示范过的线路认真地走了一圈。那会儿韦老师还没把音箱搬过来，但想象得到，当《运动员进行曲》响起来的时候，配合着孩子们的步伐和姿态，运动员入场式该有多完美。

现在，已经训练好的小孩一个个整装待发，笔直地站在各个参赛队的最前列，牌子立在他们胸前。

牌子上写的是：甘城乡政府代表队、源宸祥建设代表队、甘城村代表队、乔畔村代表队、吴渠村代表队、三台村代表队、双井村代表队、武塘村代表队、久坪村代表队。

正是武塘村代表队统一了服装，队服前胸上印着"武塘村"的字样，看上去很威武、很霸道，好像他们就是为夺冠而来的。

14

站在方队里的人后脑勺似乎长着眼睛，并没有谁来提示，但大家都知道领导们来了，突然全都扭过头朝身后看。

不远处，梁书记陪同着一大帮服饰、发型、走手和当地人略微不同的人走了过来。

当地人大都穿着棉服，有的喜欢把手插在裤兜里，有的喜欢两只手袖在袖筒里，有的喜欢倒剪着手。

而此时走过来的人，穿的也是棉服，只不过棉服质感、面料看起来高级了许多。他们的棉服似乎更合体、更抬人、修饰性更强，把他们打扮得跟橱窗里的塑料模特一样标致。他们仿佛刚从理发馆走出来，有的是大背头，头发纹丝不乱；有的是三七开偏分头，头发纹路清晰利落；有的是雅痞型专护天灵盖；有的是天秤男的毛寸魅力头……就连唯一一位女领导，也穿着和男领导一样的深色衣服，梳着女性特征不大明显的青年头。

梁处长从衣着到发型似乎介于村民和领导之间，架在鼻梁的眼镜表证他是一位从高校派下来的驻村干部；棉服质地不错，不是很长，但有些皱，表证他没有仔细打理。

领导团走过来的时候，好像有一股看不见的强大气场，把韦老师好不容易组织起来的参赛方阵冲乱了，冲开一条大口子。领导团队就从大口子这头一直走到那头。那头就是登上主席台的台阶。

主席台话筒架后面迅速站了一排人，台下刚才被冲开的大口子又合拢了。

参赛队员们各就各位，棋盘上摆好的棋子一样整齐有序。

主席台上的梁书记像个领队，站在队伍外面，手里拿着主持稿。站在队伍最中间的两位，一高一低，一少一老。个高年少的，是海原县县委副书记；个矮年长的，是宁夏工商学院校长。他们两侧依次排下去的有：十七大党代表、兴业证券项目部经理、海原县组织部副部长、海原县教体局副书记、海原县乡村振兴局副局长、甘城乡党委书记。

韦老师看见台上台下都就位了，把进行曲播放音量调低了。

15

冬天的太阳似乎一直沿着山边在滑行，虽然已经是正午了，但人们的影子依然很长。台下每个人身前都摆着一个比身高还长的影子。台上每个人身后拖着的影子都比身高还高。台下的影子一动不动，台上的影子也一动不动。调试好的无人机悄悄飞了起来，从人们头顶转了一圈，又垂直往高处飞去。

"……培养了良好的阅读习惯，开阔了视野……"

梁书记的声音洪亮又深沉，感冒症状没有彻底根除，鼻音稍微有点重。恰恰是这点鼻音，弥补了音箱混响效果的不足。此前梁书记很担心自己如果一开口讲话，倒吸一些冷气到肺管里，刺激肺管咳嗽起来就不好了。

好事天佑！

梁书记的声音一直很稳定，一点儿都没有咳嗽，直到把2022年双井村阅读之星名单宣读完毕也好好的。

台上的嘉宾领导给阅读之星颁发了荣誉证书和奖品。

轮到宁夏工商学院关校长讲话了。

"到我们甘城乡双井村、久坪村调研、考察。当时我们和李副书记、甘城乡书记、乡长一块儿讨论，怎么推进这两个村的文化建设，后来兴业证券的霍总，包括今天来的陈总，我们一块儿讨论研究兴建一个篮球场，在久坪村改造了文化广场……"

关校长向大家讲述了篮球场的捐助来历，感慨几年来派驻到甘城乡的驻村队员如何认真工作，如何克服生活困难，甚至顾不了家庭，最后又向村民们宣传了宁夏工商学院近几年办学的成就。他向村民们承诺，只要双井村的孩子去宁夏工商学院上学，全部免费。关校长的讲话句句实实在在，字字掏心掏肺，台下掌声不断。最后他说："我今天来，不仅仅是为了参加篮球场落成典礼，我还请来了几位研究电商的专家，下一步我们要研究如何替父老乡亲把特产卖出去，把牛肉卖出去。"

与会领导先后讲话。

这位领导个头高，年轻，留着雅痞专护天灵盖发型。在讲话之前，他很礼貌地转身向台上站着的一大队人马鞠躬，然后又很礼貌地向台下的父老乡亲深深鞠躬。

"……在全县认真学习贯彻党的二十大精神的时刻，我们迎来了甘城乡双井村的篮球场落成典礼，以及甘城乡篮球邀请赛。我想表达两层意思。一是感谢，另外一个是希望……"

台下的乡亲认真听着，太阳照着他们后背，暖烘烘的。

"……大会到此结束！请各位领导移步村委会会议室休息，各参赛队集中至篮球场开始打比赛！"

韦老师适时把《运动员进行曲》声音拧大。

不知不觉，人们又闹哄哄地涌到新落成的标准化灯光球场了。

志愿者倾斜着身子，手里提着沉重的音箱往赛场上走。

韦老师怀里抱着功放，胸脯朝前挺着，脖子朝后仰着，腿压弯了似的，在人群里往前挤。

他身后一个小伙子脊背上背着搁功放的桌子，桌子四条腿朝天伸着，小伙腰猫着往前小跑。

大家七嘴八舌地说着，争论着，指点着，终于把功放和音箱搁稳当了。

"喂喂……"

韦老师又一次通过麦克风组织赛场。

篮球比赛开始了，运动员机敏地抢夺着、奔跑着。围观的父老乡亲有坐的，有站的，一个个跟着比赛节奏叫好、呐喊。

这边篮球场上比赛如火如荼，那边会议室里各抒己见。

来参加篮球场落成典礼的领导没有看比赛，他们在村委会会议室共同商讨着来年的双井振兴工作。

正月十三的太阳，静静地照着双井，照着每一个人的心。

贱贱草

1

盘甘公路双井村这一段，在公路和人家之间留有空地，50 米宽，空地上长着两行贱贱草①。贱贱草绿莹莹、毛茸茸、翠生生、圆鼓鼓的，非常有形。乍一看，不像真实的植物。有种植经验的人都知道，干旱瓷实的地面上长不出绿植。

有一天，一个大车司机实在禁不住诱惑，慢慢把车靠到公路边从驾驶室溜下来，笑眯眯地走到一家门前。

这家大门敞开着，几个小孩正在院里玩耍。大车司机蹲在一株贱贱草跟前，爱惜地抚摸着："啧啧啧，太漂亮了！这是啥花呀？"

---

① 贱贱草：学名地肤，别名为地麦。株丛紧密，株形呈卵圆至圆球形、倒卵形或椭圆形，具短柔毛，夏天是绿色，秋天变成红色，观赏价值高。地肤清热利湿；祛风止痒。农民用成熟的地肤株扫地，地肤也叫扫帚草。

玩耍的小孩儿发现有人靠近他家贱贱草，奔跑出来。

"娃娃，这是啥花？"

"贱贱草。"

"贱贱草？拔一朵栽到我家行不行啊？"

小孩儿的妈妈正在落地窗前，看到过路的人蹲在她家"花"跟前，警惕地把围裙往上一别，快步往大门外走。

"得问我妈。"小孩儿指着妈妈说。

"咦——这哪能呢？"小孩的妈妈解释着，"不是移根的，有花籽儿。"

"花籽儿？我跑盘甘公路几年了，从来没见过这种花。"

"不是花，是草，贱贱草。梁书记给的种子。"

2

正说着，梁书记从学校那边走过来，准备往村委会去坐班。

"书记爷爷好！"

"老师好！"

几个小孩比赛着向梁书记打招呼。

上学的小孩儿把梁书记叫老师，因为梁书记住在学校，还组织学生去银川游学，和他们的老师一样；学龄前小孩儿把梁书记叫书记爷爷，这是他们的妈妈指教的。一般梁书记入户访问，年轻媳妇会招呼说：

"梁书记好！"随后指教满地乱跑的小孩儿，"快，问书记爷爷好！"

梁书记呵呵笑着说："小朋友好！把花看好。"

小孩妈妈尖着声音回答说："天天端着茶盅盅儿浇呢。"随手把别起来的围裙又扯下来，用手掌捋了捋褶皱。

大车司机心不死，蹲在地上仰着脸问梁书记："你是啥书记？""驻村的。""你在哪里弄的花籽啊？""呵呵！杂志上看到的。"梁书记抬腕看了一下表，也蹲下来，用食指和拇指捏着柔嫩的贱贱草绪状叶片，跟大车司机聊了几句。

3

梁书记说2021年冬天，他从杂志上看到一篇报道，是关于外省区乡村振兴改善村容村貌的事情，还有配图。山西柳林县曹家沟村利用房前屋后的空地，大面积种植贱贱草。贱贱草不仅能美化环境，还能做成产业。他看得很眼热，从网上买来种子，想试一试，看看效果怎么样。

果然不错，贱贱草耐干旱，长起来装饰性很强，开发成产业的可能性暂时还没有显现出来，作为绿植美化房前屋后的效果已经有了。

有些人家院子里也种了，根扎在水泥石头缝儿里。白白的水泥地，绿茵茵的贱贱草，一米一株，一株一米，很美观。

秋天来临时，贱贱草还会变色，有的变为绛紫色，有的变为深红色。

"还会变色？太神奇了！从网上买种子，我也要种。"大车司机站起来，跺了跺压麻的脚板，把他的大车缓缓开走了。梁书记也大步流星地往村委会大院去了。小孩儿拿着矿泉水瓶子，往贱贱草根上浇水，他们的妈妈隔老远喊："瓜子，少浇些，小心淹死了。"

4

2023 年夏天，梁书记两年驻村期满。当他最后一次走在双井村的道路上，看到房前屋后空地上生长的贱贱草比去年多了些，心里很高兴。

原本白硬的空地上，有规律地长着贱贱草，迷你道旁树一样，村内村外的人谁见谁说好。

"但愿贱贱草不要成为草患。"梁书记在心里默默地嘀咕着。

如果贱贱草成为大家的草患，除根也很容易。只要夏天把没有结籽的草棵子连根拔除，一年内就能绝迹。贱贱草之所以贱，就在耐干、耐旱；贵也贵在不入秋，不结籽粒，一年内可以绝迹。

梁书记种植贱贱草也是一项大胆的尝试，贱贱草究竟有没有更好的出路现在还不好下结论，但总归是迈出了第一步——种活了。

双井第一楼

1

2015 年，盘甘公路筑成了柏油路。盘甘公路升级工程刚一竣工，大车就从四面八方涌过来，争着抢着跑新路。不知道以前这些大车都在哪里奔跑。

跑在盘甘公路双井村这段路上的大车司机都看到了，这段路上有村委会大门，有学校大门，有村民家的大门，一家比一家设计得气派。当然院里的房屋也十分气派。不过，大多都是红顶起脊补贴房。

见多识广的大车司机渐渐发现，双井村村民没有盖楼房的能力，一家都没有。

2

2022 年初秋，路过这里的大车司机把眼睛瞪圆了，一个个在心里惊叹道："啊呀，楼！双井村有人盖楼了！"

吃惊的他们私下一打听，双井第一楼竟然是一位同行盖的，渐渐地，大家连这位同行的名姓都打听出来了。

　　"盖楼的是哥儿三个，主要是老大盖。老大刚过三十一，老二刚过二十九，老三二十六。"

　　"老大、老二哥俩都是跑车的，老三在新疆当土木建筑技术员。"

　　"父亲走的时候哥儿三个都小，老大十岁不到。"

　　"外家厉害，大老板，开石料厂的。"

　　"妈妈也能吃苦。老公公是大集体时村上的会计，个头不高，算账利索得很。"

　　"听说置换的这一处临街院子花了十五万。"

　　"原来的主呢？"

　　"自发移民上大战场了。"

　　……

　　有一段时间，大车司机们茶余饭后的话题离不开双井第一楼。

3

　　2021年春节，双井村外出打工的人都回来了。有一天，这家哥儿三个把媳妇和孩子支开，和母亲商量未来家里的大事。

　　"妈，你想好，楼盖了，就再也出不去了。"

　　"我在双井苦了半辈子苦了一院子起脊大瓦房，

我跑出去干啥？"

院里，大儿子的四个孩子、二儿子的三个孩子在追逐嬉闹，一个比一个大一两岁，最大的上六年级，最小的才三岁。

院灯开着，院子后面牛圈、羊圈里的灯开着。

4

一开始，老大老二没有计划在村里盖楼房，尤其大儿子，不打算再在老家投资住宅。前两年村里盖补贴房，母亲家属于双到户，符合政策。借助政策，哥俩一起投资把父亲留下来的老院子彻底翻修了。正房、偏房总共盖了七大间，全部是起脊、红顶、落地窗的大瓦房。

5

父亲离开他们那年，母亲才三十几岁。

父亲是跑大车的。

车出了事。

当时哥仨还小，一个比一个大一两岁。他们还有三个姐姐。母亲一个人总算把六个孩子都拉扯成人。女儿先后出嫁了，最小的儿子也在大哥二哥的帮助下上完大学在新疆定居了。

6

大哥初中毕业开始参加劳动，为人忠厚，心好，十八岁那年去了舅舅开的石料厂开大车。舅舅非常器重。

二弟十八岁时，也去了舅舅的石料厂跟着学习跑大车。

舅舅生意做得好，哥俩能吃苦，吃住都在舅舅家石料厂。几年下来，哥俩各自攒了一些钱，买了属于自己的大车。哥哥还组织了大车队，和舅舅达成长期运输合作协议。

7

渐渐地，哥俩有了积蓄，先后成了家，养育了孩子。

一开始两个媳妇和婆婆都住在一个大院里，院里都是黄泥房子。婆婆的七个孙子都出生在老院黄泥房子里。

后来，大儿媳妇提出分家，要去海兴镇买楼房，带孩子去那里上学。

二儿媳妇也提出要单另过小日子。

两个媳妇先后搬出去，在海兴镇租房子陪孩子上学。丢下寡居的婆婆一个人住在老院里喂牛喂羊，还替两个媳妇看管着学龄前的碎娃娃。

8

大儿子动员母亲也去海兴镇，要给母亲买楼房，让母亲安度晚年，再不喂牛喂羊受苦了。母亲哭着不走。

母亲说："这么好的一院子地方，人老五辈没见过。翻修了这才几年就要丢了在外面买楼。我不去！"

"妈，我们都住着楼，你住着平房，我们心里过不去。"

"过不去就在双井盖楼。"

"双井盖楼？双井就没有人盖楼，谁把楼盖这里啊？偏僻得狼嚎呢，啥也干不了。"

"谁说啥也干不了，过去杨家堡子、马家堡子，人家那么大的家业，都在双井打堡子，都不嫌弃双井子偏僻，你们嫌弃双井子偏僻了？你们一个一个吃着双井子的窖水长大，现在嫌弃双井子偏僻了。你们是嫌弃我这个当妈的拉你们的后腿，让你们当不了城里人吧。没钱盖就说没钱盖，再别说双井子偏僻。你们带上媳妇娃娃，爱在哪里享福享福去。共产党的补贴房我还没有好好住几天……我一把老骨头，呜……我命苦啊……呜……"

9

大儿子和二儿子一琢磨，一边是媳妇要去海兴住，一边是母亲不想离开双井村。哥俩为难了，就去找舅舅商量。

舅舅说："外甥啊！你两个能有今天的好日子，还不都是你妈哭着喊着的结果。"

哥俩又一商量，决定回家给媳妇做工作。

"媳妇啊！咱们有的是机会。现在楼已经买了就剩装修了，我的意思是咱们凑合着住，先不装修，把钱挪出来，给咱妈在老家盖楼。楼盖上，还不都是咱们回去住。"

三个儿子合计一番，决定在庄子上给老母亲盖楼。

10

盖楼前家里过了也贴①。老三从新疆赶回来了。

厨房里热闹极了。

母亲的两个妯娌来了，三个女儿回来了，姐姐妹妹来了，两个娘家嫂子也来了，还有大儿媳妇，二儿媳妇。

一大帮女人，又是炸，又是蒸，又是煮，整整三天三夜。

第一天上午，宰了一头牛，拉来六袋雪花粉两袋子白米，灌了十壶香油，买了1000元的干果，青头萝卜、马铃薯粉条、黄花、木耳、粉面、新鲜扁芸豆、柿子红辣椒、生姜、红葱、大料调和……装了整整八麻袋。

第一天下午，爷爷开着蹦蹦车，从二叔、三叔家拉来两个移动式煮牛头的大锅灶。这种锅灶分灶台和大锅两部分。

灶台是用废弃的铁皮油桶改装成的。废弃的油桶立起来半人高，半人高的移动灶台有送柴火的灶火门，有用鼓风机扇风助火的进风筒。灶膛上配着大锅，有三尺口径的尖底大铁锅，三尺口径的平底大铝锅。

孙子问爷爷："爷，高兴吗？你家大孙子要盖楼

---

① 过也贴：当地风俗习惯。

了，双井第一楼。"

"高兴啊。就是爷没钱给大孙子帮忙。给，这是几提矿泉水，给匠人喝。这是 1000 元，买几块砖头，也算爷入股了。"

"爷，楼盖好就搬到楼上住。"

"好！好！"

11

前年奶奶去世了，爷爷便跟着三叔过。

以前梁书记跟老爷子开玩笑说："老会计，找老伴儿不？老梁帮您在银川瞅一个会跳广场舞的城市老太太。"老爷子裂开没有牙齿的嘴笑着说："再不找麻烦了，我有三个贤惠的儿媳妇，一个比一个茶饭好，一家比一家日子过得好，今天这个叫吃羊羔肉，明天那个叫吃菜盒子，我想到哪家吃就到哪家吃，不给娃们分心思。办老伴就是搬石头。"梁书记也笑着说："算得清楚啊！还没有老糊涂。"

12

爷爷指挥着大孙子把大锅灶安装在离厨房近的廊檐下。

锅灶安装好后，洗肉的洗肉，往大锅里注水的注水。老大媳妇和老二媳妇年龄小，不会给锅灶生火，报纸点燃了几大张，柴火还没有烧着，弄得乌烟瘴气。

"快走开，你要熏野狐啊？"

舅妈说着支开两个外甥媳妇，搂起袖子，把黄灿灿的金手镯往上一卡，蹲下去观察灶膛内啥情况。

"柴棒子塞得太多了。柴棒子没有烧起来，不能添这么多的炭块。"

舅妈分析着、教着，从灶膛里抽出好多柴棒子和炭块后才把火生着。

两口大锅一齐上了灶台，一个锅里煮着肉，一个锅里煮着骨头。

半斤重的调料包，一个锅里放了两包。

13

肉煮上以后，一帮女人又开始思谋烫油香面了。她们帽上的装饰钻闪过来又闪过去。

"嫂子，油香倒几袋子面？"

瞅着摆放在厨房地面上的大面盆，二婶和三婶问大婶。

"一袋子面能出 50 个油香，总得四袋面。"

三个人合计着，把昨晚提前发好的三盆老酵头端出来，摆放在大案板上。

"哗啦"——袋子雪花粉倒在了三尺口径的大面盆内。滚烫的开水舀出来，二婶一边用手指头测试着温度，一边掺着冷水，就在水温测试到刚刚合适的一霎时，妯娌三个动作迅疾地开始烫面。一个往面盆里倒水，一个用擀面杖搅和，一个压着大面盆的边沿固定着，三个人配合默契，工序熟练。旁边站着的年轻媳妇专心地观摩着，心里默默学习着，连追逐的小孩儿都被烫油香面的壮观场面吸引住了。

面烫成穗穗后，端过满满一脸盆稀糊糊老酵头"哗啦"一倒，稀糊糊老酵头味溜溜四散开来。三个女人六只手全部入进大面盆，开始搅拌揉搓。

不一会儿，烫面穗穗和老酵头糊糊揉匀了，揉成了光滑的面团。

三婶在面团上使劲拍了两巴掌说："好面！"

三个人又合力把面盆抬到温热处，开始烫第二盆、第三盆、第四盆。

围观的女人们开玩笑说："你们妯娌三个开餐馆准定挣钱。"

"行呢。你当老板，把我们雇上。"

"梁书记说你们是非遗人，不能干餐馆，要干展览馆。"

"哈哈哈哈……"

大家说着笑着，好不热闹。

14

四路八下的亲戚，庄子上的远亲近邻，老人小孩成群结队地往来走。

整整待了一天的客。

最后，村委会一帮人、驻村干部一帮人、小学老师一帮人也都被请来吃了一回油香。

200 双油香，连吃带散，剩了 50 双。

晚上，路近的亲戚都回家了，路远的亲戚和三个女儿住下了。大家等待着第二天地基开工。

15

第二天，早先联系好的挖掘机、夯实机按时按点开到工地上，按时按点开始挖。土挖出来，地基坑墙用砖头和水泥砌起来，筑瓷实。把挖出来的土用铁筛子筛了一遍，一层一层填回去，夯瓷实。又是挖，又是砌，又是夯，三天三夜，围观的村里人都没耐心看结果了。

三天后地基打好了。

16

又一天，更大的盖楼机器从盘甘公路上开了过来。

一辆怪兽一样庞大的起重机首先开进了双井村。

村里所有的闲人都来围观，忙人把手头的活计暂时丢下也撵了过来。

起重机选好位置，把它的四个固定桩缓缓降下来，踩稳、站直，再试探着把起重臂膀左右摇了摇。

紧接着，五辆大挂车，拉着五间预制楼从远处缓缓开了过来。

在场围观的人看到预制楼拉来了，主动往后退了些，把路腾开，好让预制楼安全下车。

在工程师的指导下，第一辆大车慢慢靠近起重机，起重机友好地把拾取臂挪过来，瞄准抓取物的重心。

几个工人攀上车厢，把吊钩和吊环左右连接好。工程师戴着安全帽指挥着。起重司机一只手放在操纵长手柄上，一只手捉着方向盘，脚下还不住地踩踏着制动。所有人都盯着一间被吊起来的预制楼，观看超级 3D 电影一样。

17

远处的山梁、河谷静悄悄的，偶然也有高飞的鸟儿绕出高远的弧线，从头顶飞过去。河道里的风和一百年前一样，轻轻吹刮着。一百年前，双井村杨家堡子和马广台马家堡子靠的是驴拉人抬筑造起来的。看着现在的大机器，双井村上了年龄的老年人赞叹不已："啧啧啧，哪里来这么有本事的机器，太能格了！"

起重机的臂膀提着预制楼，像巨人提着买菜篮子一样轻松。几个工人举着长棍子，在移动的楼体上加力，以此保证楼体平移时不要随便改变方向。楼体稳稳离开车厢后，渐渐向地基那边挪动、下降，举长棍子的工人迅疾丢下棍子，徒手从楼体四面推搡着。楼体轻微地摇摆着，向对应地基的位置一寸一寸降下来。

眼见着吊钩和吊环上的张力突然消失了，吊绳松塌塌地耷拉下来，地基四周喷出一股淡淡的土雾。在场围观的人松了一口气。不知道谁赞叹地说了一句："太日能了。"

接二连三，花费了整整一个上午的时间，第一层五间预制楼全部落基了。

下午又拉来四间。

天黑前，双井第一楼毛坯楼竣工。

18

这栋刚竣工的毛坯楼整体风格属于新简约中式建筑，地基呈长方形。从背面看，这座毛坯楼好像一组水泥集装简易箱房，一点儿也不好看。后墙上留着小小的窗户，屋顶是平直的，也没有阁楼等富有变化的层次感。只不过第二层西面比第一层少一间房，成为一处宽阔的露台，给人一点错落感。这个刚搭建成的毛坯楼，把人的视线突然抬高了。原先屋脊高大的房子一天之间矮了下去，原先人家围墙能遮挡墙外视线，现在遮挡不了了。

月亮上来了，第一楼毛坯房像羊群里卧着的灰色大象，又大又笨，一点儿也不好看。人人看了，都觉得这家人的钱没有花好，盖的楼不漂亮。

19

第二天，施工队又开始施工。

这次他们拉了一些三角形的水泥板，还有许多椽子一样的四棱水泥棒，众人不知道他们用这些材料要干什么。渐渐地，工程师指挥匠人把三角形水泥板立起来，把四棱水泥棒搭上去，弄来弄去像用木头给房屋上梁那样，在平坦的楼顶上盖起了小阁楼。

小阁楼横的竖的盖了好几个，平坦的楼顶顿时起起伏伏，凸凸凹凹，这些小阁楼让这栋楼的模样完全改变了。先前的楼顶集装箱一样四四方方，普通无趣，现在摇身一变，成了中式简约小别墅的模样。

傍晚，夕阳下，双井村第一楼好看的小别墅的影子投射在邻居家红屋顶上。

20

有一段时间，第一楼停工了。

到了夜晚，停工的第一楼又不好看了，一堆水泥疙瘩而已。预留的落地窗和落地门的位置，黑洞洞地没有生气，简直像一座战后废墟。

相反，第一楼周围人家的窗户，隔着网纱投射出柔和的灯光。院子里的果树枝条在夜风中轻轻晃动着，仿佛有成熟的果实一闪一闪的。

21

过来过去的人看见了，都为双井第一楼捏着一把汗。大家议论纷纷。

"楼的框架好搭。预制楼一间2万，九间楼，花不了几个。一车一间拉了来，吊车一吊、一摞就行了。麻利①得很。"

———————————————

① 麻利：方言，速度快。

"听说门窗还得 6 万。"

"听说地基已经花了 9 万。"

"水泥壳壳，冬天冷，夏天热，有啥好？还不如咱们老先人的箍窑，冬暖夏凉。"

"嘁！老土冒，人家的墙面要装保温层，听说预计11万。"

大家闲来无事的时候，总爱聊聊第一楼的开支。有说第一楼盖得好，有说第一楼盖砸了。

22

过了一年，第一楼又开工了。

这次工程持续了一个月。

一个月后，双井第一楼漂亮的样子终于显现出来了。

虽然门窗玻璃还没有安装，墙面瓷砖还没有粘贴，内里装修更是丝毫未动，但是，这栋楼已经放射出双井村任何建筑都无法匹敌的光芒。

蓝天下，错落有致的楼顶上铺着大红闪光的琉璃瓦。屋檐下，金属门窗笔直复叠，玲珑有序。门是深门，窗是浅窗，圆鼓鼓的廊柱错落有致，多棱飘窗视线开阔。

走到这里，不由要仰头看看二楼飘窗位置，想象那里即将摆放一副茶台，茶台旁边将有一位老妇人，慵懒地坐在藤椅上，歪斜着身子，一会儿俯瞰着盘甘公路，一会儿仰望着双井村的山梁。

假如天黑了，所有的灯都亮起来，所有窗户上的纱帘都垂挂下来，那该是一幅怎样的美景！

23

走过双井第一楼的梁书记也在想："这俩小子行。双井第一楼，小一百万。我老梁驻村两年，花了九牛二虎的力，动用多少人脉，搭建爱心平台，动员社会力量给双井村投资灯光篮球场、投资爱心书屋、发放西门塔尔牛救命麸子、送孩子们去银川游学、给学校安装太阳能路灯、捐赠各种衣物……前后加起来小算76万元。76万元放到双井村，怎么看都顶不上这一家的小洋楼显眼。76万元，牛吃的吃了，拉的拉了，学生游学花的花了，就落灯光篮球场和爱心书屋，校园里的亮化工程也是留下来的大件。76万元，盖一栋小别墅也差不多够了，放到双井村基本建设上，石沉大海，啥都不见个啥。"

烟入长空

1

杨木把大青的嘴唇掰开，像牙医一样往内看。

大青很享受的样子，耳朵抿着，脑袋朝后仰着，脖子伸得长长的，眼珠子朝下斜着，仿佛在说："看，多看一会儿，看看我的后槽牙，全是新的。我帮你犁地、拉车，没的说。"

杨木看了一会儿大青的牙，又低下头看它的咪咪，最后把圈门打开。

所谓圈门就是几根钉在一起的木头椽子。虽然木头椽子歪六瘸八，但表面十分光滑。原来有橡皮的地方，让驴子啃光了；原来有疙瘩的地方，让驴皮磨没了，就连泥糊的食槽，都让牲口舌头舔得黝黑发亮。

拍拍大青的鼻梁，大青往圈门外走去。

大青的搭档白嘴子也跟了出去。

杨木想现在把大青拉到市场上卖掉，按肉驴价卖，肯定能赚五百元。

紧接着他又自言自语地说："可惜我的一头好牲口了，比豁耳子俊到哪里去了。"

2

大青是他用豁耳子换来的。

那天他把豁耳子拉到集市上卖了个高价。当时心疼得很，贩子给他微信扫钱的时候，他的手一直抖个不停。

"拿稳，不要动，抖得扫不上。"贩子对他说。

旁边的闲人也跟着取笑："老杨，舍不得了？拉回去挂在墙上。"

……

杨木从上衣口袋里掏出一把炒熟的白豌豆，豁耳子喜悦地侧着头、张着嘴。杨木掐住几个白豌豆，往豁耳子嘴里丢，看热闹的闲人又开始起哄。

"呵！驴精。侧着头接呢。"

"哈哈，老杨应该到马戏团驯驴。"

老杨往豁耳子嘴里投喂着，豁耳子嘎嘣嘎嘣咀嚼着。嚼细吞咽下去后，又把头侧起来，耳朵竖着，嘴张着，露出黄黄的大牙。

豁耳子侧着头，龇着牙等待投喂，好像在大笑，又好像在大哭，不好区分。

杨木给驴投喂白豌豆的场面，惹得几个赶集的女人眼泪都快要掉下来，一个个私底下嘀咕："人畜一理，喂惯了，舍不得卖。"

杨木捏着手机，盘算着低价买一头年轻的瘦驴回去调养。

他看上了大青。

3

靠近大青的时候，大青低着头。他从上衣口袋里掏出一把炒熟的白豌豆，非常缓慢地送到大青嘴跟前。他不想让大青感到害怕，只让大青闻到白豌豆的香气，等待大青慢慢想"要不要吃一口"的问题。

调养牲口半辈子，杨木完全掌握了牲口思考问题的节奏，他能从毛驴的表情上看透毛驴的心思。毛驴判断事情该不该做、怎么做并做出决定的所有思维活动，杨木观察得一清二楚。

看见大青的鼻翼动了动，耳根摇了摇，知道大青在想："对，是白豌豆。"

看到大青的尾巴轻微地甩了甩，他捕捉到大青又在做决定："嗯，放松，吃一口。"

围观的闲人都在等待杨木和大青的沟通情况，都在等待这场买卖的结果。

这时候，杨木的白嘴子尾巴很松弛地垂着——白嘴子是陪豁耳子来的——低眉顺眼地往大青跟前挪了一步，有一种抢食白豌豆的冲动。大青立即把上嘴唇抬了抬，下嘴唇也动了动，嘴唇上柔软的、稀稀拉拉的长胡子东倒西歪地颤动着。

杨木把白嘴子的脸拨开，故意把盛着白豌豆的手掌往下降了降，白豌豆离大青的嘴唇又远了一点。大青好久都没有吃到白豌豆了。白豌豆是小毛驴最喜欢吃的饲料。有句俗语是这样讲的："吃了白豌豆，干活没有劲，给驴说了驴不信。"为了吃到豌豆，大青的头跟着下移的手掌低了下去。杨木又把白豌豆移上来，大青跟着又把头抬起来，还和杨木对视了一下，眼神里充满了会意的笑。虽然大青看上去瘦弱，皮毛凌乱，但在那一刻，杨木看到了大青的智慧，把盛豌豆的手掌稳住，温和地说："吃，吃。"还把自己的下颌轻微地抬了抬，好像在礼让客人，给客人劝餐。

大青温顺地用上下嘴唇把白豌豆揽进嘴，舌头灵巧地接应着送进牙槽。旁边的闲人都听到大青嘎嘣嘎嘣咀嚼豌豆的声音了，有人鼓起掌来。

大青别过脸看了旁人一眼，露出得意的表情。

杨木不失时机地把手搭在大青的鼻梁上，抚摸了一下。又从上衣口袋里掏出一把豌豆。本来这些豆子是留给自己回家路上加餐的，现在全都掏出来了。

杨木用比豁耳子低 500 元的价格，把瘦弱的大青买进来。

4

回双井的路上，白嘴子昂着头拉车，瘦弱的大青被拴在车辕上跟着跑。半坡上，拉车的白嘴子都没有吃力，大青吃力得鼻子里直喷气。

"啊幺幺！老瓜子，咋买了这么个货？脊背瘦得跟刀背一样，这能干啥呀？还不如豁耳子。"

"你懂啥！这小子比人都聪明。过几个月你再看，能犁、能拉。"

"你能得开飞机呀！能犁、能拉？不要死在圈里就不错了。儿子娶媳妇盖房，钱紧困得啥一样，你把钱拿上改心慌呢。"

一进家门，老婆把饭菜端上来，一边摆放碗筷，一边数落个不停。

"我当家还是你当家？我不缺你吃的，不缺你穿的，我改心慌咋了？来，把手机打开我给你转钱。500元，看好，点了。"

"一卖一买还长钱了？这还差不多！把你的瘦驴操心好，不要晚息死在圈里。"

杨木的确在半夜去了一趟牲口圈。

他把牲口圈的灯打开。

牲口圈十分落后，和四十年前大集体牲口圈差不多。柳树棍子搭建的苫子，泥糊的食槽，比较洋气的地方是顶棚，上面卷着一层农用塑料薄膜。

大集体时牲口多，大冬天牲口站在一起相互还能取暖。

现在圈里只有两头牲口，冬天寒风刮起来，牲口冻得直抖腿，有时候冻得吃草张不开嘴。以前城里人议论农村人把牲口拉到人住的窑洞里过夜，很不卫生，想不通农村人为啥不讲卫生。现在农村人有办法了，给牲口圈顶棚上蒙一层农用塑料薄膜。白天把薄膜打开让牲口晒太阳，呼吸新鲜空气；晚上把薄膜拉下来，绑扎紧，给牲口挡风御寒。

5

整整一个冬天，杨木一直精心喂养着大青。

大青的皮毛渐渐亮了，骨骼舒展了，胯骨上的肌肉也显现出了轮廓。尤其它的两只耳朵，内里的绒毛又密又厚实，非常具有观赏价值。当大青把两只耳朵竖起来辨析声音时，眼珠子又伶俐又明亮。当大青把两只耳朵抿在脑壳上伤心嘶鸣的时候，眼神里充满了渴望奔跑的凄楚。一家人渐渐接受了大青，而且取了个好听的名字。

后来生产小组的人都知道杨木的两头毛驴有名有姓，一头是白嘴，一头是大青。

6

2023 年春天，一个非常了不起的春天。

双井村梯田改造款划拨下来了！

凡是需要改造梯田的人家，只需上报改造计划，不用出一分工钱，就能让斫地变成水平梯田。

召开村民大会时梁书记讲过：双井村要改造出和西吉龙王坝一样美的梯田，要让中央电视台来拍纪录片，要让五湖四海的人来参观旅游。

有的人觉得划不来，改造后，土质不行，地太瘦，不肥，得养三年。养三年地，白白上三年肥料，产量低，收成损失三年。

有的人觉得改造梯田是个好事，推广标准化农业技术，节省人力，提高单产。过去农业学大寨，铁锹镐头一双手，给大集体修农田水利，搞平田整地。平整好的水平地水土保持得好，比斫地产量高。现在政府把推土机开到门口，求爷爷告奶奶给私人推地，这是天上掉馅饼的事。

"赶快把你的大青和白嘴子卖了。现在地一推，全部机械化了，你再不要打驴后半截了，羞先人。请机械没钱我跟儿子要。"杨木老婆参加完村委会推地动员大会回来唠叨着。

"我打驴后半截碍别人啥事了？我眼望七十的人了，你让我把驴卖了出去打工吗？啊呸！"

杨木从来都没有因为养毛驴真正和老婆动过气，这次真的动气了。

"你嫌我丢你娘母子的人，咱们把地分开。儿子和你的地，你们请机械种，我的我种。丢人丢我杨木的人，不和你们相干！"

7

杨木和老婆吵了一架后，走到牲口圈看他的两头毛驴，一头大青，一头白嘴，左看右看乖得很。

白嘴和大青看到主人进圈来了，一下子来了精神，四只前蹄在地上捯动个不停，四只眼睛都笑眯眯的。

杨木是个高个子，大青的脊梁竟然和杨木头顶平齐。杨木站在大青跟前，像站在一匹战马跟前那样。咱们在壶口瀑布看到的驴子，披红挂彩，被陕北汉子牵着和游人合影。站在游客和陕北汉子中间的小毛驴，脊梁似乎在人胸前。眼前的大青，个头真的非常高，像一头骡子。

据说，目前海原县农用毛驴总共有 22 头，杨木家的大青就是其中一头。其他 20 头毛驴究竟生活在谁家，工作岗位怎么样，生活待遇怎么样不得而知。生活在杨木家的大青可真是遇上了贵人。

对于一头毛驴来讲，怀才不遇也是很痛苦的。

8

大青来杨木家之前，已经转过好几个庄稼汉的手。

一开始，大青被主人带到市场出售，是因为家电下乡，主人赶时髦买了柴油机农具，大青失业了。那时候大青刚长成劳力，没有完全掌握下地耕田的各种要领，还区别不开套辕、拉车的指令。当主人把大青拾掇利索，拉到骡马市场往众多牲口跟前一站，凡是懂得二牛抬杠的老牌农民，一眼就能看上。

但是买主买回家不几天，又气急败坏地把大青送回骡马市场，骂骂咧咧要出售。因为大青脾气又倔脑子又蠢笨，和新主人总是沟通不了。让它套辕，让它把后腿往车辕里面退，它就瞪着眼睛踢后蹄子；让它把蹄子抬起来，磨绳缠到肚带上绕住了，它死活不抬腿。人用手往起来提它的小腿，让它把腿打弯，越提，它踩地用的劲越大，腿子僵直地杵在地上，生怕人把它扳倒了。

也难怪。

现在人口流动大，每到一个地方，说哪种方言的人都有。最早大青的主人是固原人，说的固原方言，吆驴口音是固原腔；新换的主人是从河南来的外地人，吆驴的口音是河南腔；再后来大青又被转手卖给吴忠人，吴忠人说的吴忠话。捯来捯去，各种口音的劳动指令把大青捯糊涂了。

大青总是挨打。

主人越打，大青越不知道错出在哪里。

挨打次数太多以后，大青十分生气，趁主人蹲在地上拌料，竟然龇牙啃主人的头。

一来二去，大青从骡马市场上的抢手货变成了被低价甩卖的尾货，而且站在骡马市场展览好久也无人问津。人人都知道这不是一头好驴。

挨打受气加饥饿，大青威武的模样渐渐消失了，还不如一般小毛驴，倒像一匹病骡驹。

要不是当时大青像病骡驹，杨木一卖一买可长不出 500 块钱。

9

双井人都知道自包产到户以来，杨木一直用毛驴拉车种地；双井人也都知道，自从小耕种机械进入农村后，杨木的毛驴除了给自家出力以外，还在外面接活给主人挣外快。

双井村基本都是凹地，除了很少一部分农业学大寨时修造的梯田外，大多数凹地表面走势不平坦，边沿不规范。近几年家家花钱请大机械爬到山上种田犁地，早都不用牲口了。但大机械耕作有个弊病，土地边沿弯弯拐拐犁不到，种不上。一般大机械做不到的，牲口能做到。所以大机械耕作结束后，家家还要请来杨木的毛驴补耕一番。杨木也因此神不知鬼不觉地赚了一些小钱。

被杨木拉到七营集市上换了大青的豁耳子，是给他出了大力的。只是豁耳子帮他犁了十年地，老了，干活不得手了。杨木的手扶犁是钢管焊接成的，犁铧也是手扶拖拉机上用的那种中号犁铧。手臂胳膊上骨头软的人，扶不住他的犁；年老孱弱气力不足的驴，也拉不动他的犁。他的钢管犁靠近扶手的位置让手掌磨损得明晃晃的，跟水银镜子一样。

他想把老年的豁耳子卖掉，换一头年轻的。

当然他也舍不得豁耳子。

10

那天往七营集市走去卖豁耳子的时候，他给豁耳子吃了一碗白豌豆，又用钢刷子把豁耳子身上的浮毛刷了又刷。一般只有下田耕作的时候豁耳子才能吃上一碗白豌豆。平时不让它吃，吃了劲多，爱在圈里面折腾，不好好守圈。如果人不留意，吃过白豌豆的豁耳子能把土坯墙踢一个大窟窿，要不就不断地啃咬木头护栏，有时候能把木头护栏啃折，溜达到大门外边撒尿。

"腿抬起来。"

杨木捏着豁耳子的后蹄子。豁耳子的四只蹄子修剪得跟陶瓷一般光滑、标致。

豁耳子把后腿抬起来，杨木把豁耳子蹄子附近的绒毛仔细地打理了又打理。

"把白嘴子也卖了，卖了就再不要往回买。你看双井还有谁家拿驴犁地？甘城方圆都没有。啥年月了，也不怕人笑话。养驴，养驴，就知道养驴，把驴当宠物养。"老婆边给鸡拌食边数落。

"毛驴犁地咋了？犯谁的王法啦？钱给你挣得少了吗？你让我请机器种地，我能请得起，我有的是钱。地都让机器犁了，我一个老农民，你让我靠南墙晒太阳？让我进城打工？打工打工，你不嫌丢人。我兄弟北大毕业，在市上当大干部，我丢人现眼，眼望七十岁的人了，去城里打工么？"

杨木少年时父亲去世了，留下他和弟弟两个。他劳动供弟弟上学。弟弟北大毕业在固原市当干部。

"苍蝇大的头，面子还大得很。兄弟北大干部，老哥打驴后半截，人物尖尖都出你杨家了。"

老婆把鸡食盆沿敲得跟铜锣一样响。

11

杨木就认准毛驴种地，尤其精通驯导毛驴，方圆百里无人能比。他也十分喜欢毛驴，总觉得用毛驴种的庄稼比别人用机械种出来的好。

前些年村上流行自主搬迁，好多人都去中宁长山头发展，杨木不喜欢去。

他让木匠打造了一辆架子车，木头厚实得跟马车一样。他想和爷爷置办土堡子那样给家里置办架子车。杨木是双井杨家堡子直系后人。双井有两座土堡子旧址，一个堡子是马家的，一个堡子是杨家的，一百年历史了，都威风得很，所以杨木无论置办什么，都要一百年不腐不朽。要不是他盖房时往一百年上想，前年危房改造政策他的房子就能套上。就因为他的房盖得太结实了，没有补上款，不能翻修，还是二十年前流行的老式房子。这种老式房子和别人家的新式补贴房一比有点穷气。但事实上，他家房子很牢固。

杨木的特制架子车已经用了二十年，车辕光滑得跟达官贵人坐过的太师椅一样。光滑的车辕，是杨木用布料上的纤维磨出来的。

通往双井村的盘甘公路像一截柔软的绸带，黑黝黝的。偶尔能看到杨木的驴拉车也走在上面。杨木坐在车辕上，优哉游哉地赶着，出土文物一样惹眼。

这辆架子车的胶皮轮用废了无数个。换下来的废旧轮胎，杨木把它们捋展，叠整齐，用捆绳捆起来，别在草苫子大梁上，别了一长溜，展品一样。

调养好的大青往旧架子车上一套，才觉得架子车的确太陈旧了，跟年轻漂亮的大青非常不匹配。

他想请木匠给大青定做一辆新车。

老婆一听要花钱给大青打架子车，气得七窍快要冒烟了。

"再不丢人咧，买一辆汽车让你的驴开上撒。"老婆撇着嘴低低地耻笑老公。

这边杨木计划着给大青打一辆新架子车，那边村委会通知杨木上报推梯田的计划。杨木突然没有主意了。

"以后田都成了梯子，大机械随便上，都搞成标准化农业了，这驴……"

杨木抚摸着他的大青和白嘴子，看它们的牙齿，看它们年轻的咪咪，左看右看舍不得。

杨木就赶着他的驴车去推田的工地上。

12

整个山头都被翻了一遍，白皑皑的，远看像敷面膜的女人的脸。

好几辆推土机还在不停地推，土雾笼罩着。

从工地上回来，杨木和两头牲口浑身上下都是黄土，像从黄土里面刚挖出来的一样。杨木边清理大青脊背上的灰土边低声对老婆说："走着瞧，有我挣的钱了。"

原来大机械走过去后，总在土崖根基处留着一条二尺宽的车辙。梯田有多长，车辙就有多长。杨木知道，农民是不允许地白白空着的，哪怕只有巴掌大、指头宽。

不但补耕车辙的活计得他干，磨地的活也得他干。

玉米种上不久，下了一场大雨，地表板结了。地表一板结，玉米芽子闷在土里就出不来，家家都得请杨木。只有杨木和一张藤编磨的重量让驴拉着磨过去，才能巧巧把板结的地表壳磨松软，而且还伤不到玉米芽。其他什么机械都做不到。

磨地那两天，杨木每天要工作十几个小时，天天给大青和白嘴子吃豌豆。豌豆口袋就立在杨木枕头跟前。

当杨木两只手扶在两头牲口的尻尾上，双腿叉开站在藤条磨上时，身子骨直板得像个小伙子。牲口在长长的地垄上走顺当时，他就把身体往后仰起来，一只手拽着一根牲口尾巴，趁机打个盹。

13

驻村梁书记去杨木家做入户登记收入，杨木神秘地举了三根指头。

海蓝色牛场

1

很毛很细的贵如香油的雨很少下，昨晚半夜偏偏就下了。

凌晨四点，王大爷起床了。

石景河对面的山梁和低垂的云雾依然黏糊在一起，没有界限，山和天全都包裹在黑暗中，只有细碎的雨丝默默地落着。

"下雨么，天黑的。"王奶奶说

"时间到了。起！"

王奶奶拉开灯，屋里亮了。

一面大通炕，炕上铺着四床被。王奶奶一床，王大爷一床，大孙女一床，二孙女和三孙女一床。王奶奶把孙女的被角拉整齐，慢条斯理地叠褥叠被。叠褥叠被的过程总被晨起的喷嚏打断。"啊——嚏！"王奶奶最后痛快地打了一个喷嚏说:"我儿子要回来了。"

王大爷没接话茬,心里嘀咕着:"回来也得你喂牛。"

2

王大爷的小儿子王强是一位牛经纪人,从事牛经济这一行已经有二十年了,目下是方圆百里知名的牛专家。

本来王强在十几年前做了自发移民,移民到中宁长山头。因为振兴农村有些项目,王强又在梁书记的邀请下,做了回乡青年,投资一百万在父亲老院里盖了一个半现代化养殖场。

中宁长山头,有王强豪华的四合院,有王强小型育肥养牛场。当他接到振兴农村项目的信息后,感觉自己有能力抓住这个机遇把事业做大。三下五除二,把老爹的老院子拆除了一半,吵着闹着在老爹的地盘上用彩钢板建了半机械化牛场。因为牛场刚刚建成,还有许多外联工作需要他跑,妻子还要带孩子在中宁上学,牛场喂牛起圈的活只能暂时请老爹老妈料理。

3

细雨打在大面积彩钢房顶上,发出奇妙的声响,王大爷站在屋檐下仔细听了一会儿,听到东边牛舍里不断传出细碎的声音。这些声音热烘烘的,憨嘟嘟的。他想得赶快把炉子点开,把骨头煮上,不然天一亮又要给牛粉料、添草、起圈、垫土,骨头就没时间煮,骨头再不煮就要过期了。

王大爷拿着手电筒，手电筒发出的亮光把稀疏的雨丝照得亮晶晶的。

王大爷把油桶炉子搬出来，鼓风机架好开始劈柴。

"天都没亮，咚咚咚地劈，不要把牛娃儿惊了。"王奶奶隔着窗子说。

4

牛舍里最近新添了六七头小牛娃，王奶奶看见小牛娃就想到她的五个孩子。五个孩子中三个女儿两个儿，嫁的嫁，娶的娶，都在外面安了家，一家比一家过得好，老两口守着一所旧院子。数小儿子王强本事最大，日子最好，孩子也最多，也最爱折腾。这不又折腾出一处牛场，方圆百里都没有的私人大牛场。牛场刚建成，儿子要忙外面，喂牛起圈的重担就落到他老两口头上。儿子说了，凑合到暑假，马上把媳妇接来管理牛场，让老两口9月份陪大孙女在中宁上初中，住好房子。

5

油桶炉子里的柴火烧起来了，落在火焰上的雨丝让火更旺了。

"把雨布披上，下湿得感冒了。"王奶奶又隔着窗子说。

"没多大雨，我穿着棉袄。"王大爷在屋外应着。

油桶炉子里的柴火把周围照亮了，王大爷站在三尺口径的大铁锅前不住地翻着锅里的牛骨头，不住地往出掠血沫子。鼓风机在炉膛下呼噜噜地吹着。

6

东边是牛舍，养着一百多头西门塔尔牛，可以机械化推槽起圈。

南边是草料库，可以机械化粉草拌料。

王大爷拉开动力电闸，打开自动拌料机的电闸，看着拌料机传送带上源源不断吐出拌好的草料，心里非常高兴。高兴儿子有了属于自己的大事业，高兴他有一个受人尊敬的牛把式儿子。儿子不愿意用牛把式描述自己的工作，他乐意用牛经纪人。无论什么叫法，都是一个意思：凭借过人的眼力赚钱发财。

7

王大爷和周围许多农人一样，十分佩服做牛把式的人。

盖牛场之前，儿子在村里露过一手。儿子先在集市上买了一头牛，拉回来宰了卖肉，村里人就近买到了放心肉，一个个自然也高兴。一买一拉一宰一卖，不到两天，王强净赚三千块钱。从此，家家请王强帮着给牛估价，一估一个准。王强也不向大家收费。发小早就觉得王强眼睛有特异功能，只是小时候大家没有发现。

8

王强说他进入牛经纪领域很偶然。

初中毕业王强就走向社会。

有一回王强去赶集，看见骡马市场上围着一群人在看牛把式估价。

牛把式一眼能看透一头活牛究竟能宰多少斤肉。

一般都是买牛的人花钱请牛把式帮助估价，然后才决定是不是出价购买。

王强被眼前的牛把式吸引住了。感觉这个工作太神奇了，不用脚，不用手，只用眼睛围着活牛看几圈，就能把钱赚了。从此，王强什么也不干，四处奔跑着赶集，观摩牛把式的工作过程，琢磨牛把式如何目测，目测的要点有哪些。看得多了，王强觉得自己也能做这一行了，就大着胆子接活，而且用估算不准自己贴钱的方式强行入行。

看走眼是常有的，他就把打零工挣来的钱拿出来支付失误赔款。失误太多，没钱支付，他就去打零工。等打零工赚到钱，他又去实践自己喜欢的工作。

经过多次实践，王强终于把牛把式的目测技术彻底掌握了。提出和老牛把式打擂台，他估算出的结果和实际结果只差一斤半斤。他赢了，老百姓就请他去家里做牛价估算。他觉得自己已经获得最初想要的工作——凭眼力吃饭。

9

凭眼力吃饭的日子终于让他厌倦了。

他觉得给牛估价不过是些雕虫小技。

他想在更大领域内发展自己。

他选择了育肥牛养殖。

当一头小牛往他面前一站，他一眼就能看出这头小牛能不能发育成一头强壮的成年牛；他还能看穿给小牛喂多少饲料，喂多少日子小牛就能达到出栏标准。在他眼里，一头小牛育肥多长时间能够实现利润最大化，像秃子头上的草一般清晰明了。

10

王强发挥自己的本领，在中宁开了小型育肥牛场。正想要扩大育肥牛场事业时，他接到双井村委会打来的电话，驻村干部梁军邀请外出闯荡青年回村开座谈会。会上，梁书记给大家宣传政府有无息贷款，可以做村集体经济。如果谁想在村里开牛场，用地由村干部负责协调。

王强的牛场像天外来客一样，半个月内就出现在双井村的河湾里。

巨大的海蓝色彩钢顶，像把天色裁下来几片摞在黄土崖下。

11

王大爷掠完锅里的血沫子，又用长柄勺把大骨头捣了又捣，让所有的骨头挤紧，排整齐，才把锅盖盖上，关掉鼓风机。

锅底的柴火自动燃着。

雨渐渐停了，天也渐渐亮了。

12

王大爷把三轮蹦蹦发动起来，开进草厦，让车厢对准粉草拌料机出料口，又把一捆一捆的草包徒手抱着投进草料搅拌箱，抖开草包的包装。按照儿子算好的数量把草包投放好后，再把料袋子挪过来，按照算好的数量一锹一锹往里和料。

草和料加满后，王大爷像一个沉着冷静的年轻技术工人那样，有条不紊地推电闸，按电钮，开开关。

看着拌料机不停搅拌的样子，王大爷又好奇又喜悦，心里老嘀咕："谁弄的，好使唤得很。还会自动往干草上洒水，料末子自动地粘在草节上。"

看着拌好的草料自动堆满蹦蹦车厢，王大爷抬手按下暂停键，登上蹦蹦车驾驶台，拉着一车拌好的草料开进牛舍大门。

13

远远地，一大群育肥牛拥挤着往食槽跟前聚集，浪花一样卷过来。王大爷心情好极了，不为别的，就为这一百多头育肥牛听他的话，一个个萌呆呆的只知道抢吃抢喝，他乐意天天粉草、推槽、起圈、垫土。

那些胆大反应快挤得凶的，已经把草料揽进嘴里，胆小反应慢力气小挤不到前面的，就伸着脖子在后面把头一仰一仰地哀告着。王大爷用锹把料铲下来，一锹一锹地撂，撂得远远的，撂到食槽最东端，排在后面的牛就跟着调转头往槽东端跑。牛群又卷起一股猛浪，向新的方向卷过去。王大爷像指挥千军万马的将军那样，用一把锹和一车料，让牛群从杂乱无章、东奔西突的状态，很快排成一长队，整齐地站在牛舍中央大道一侧。

接连好几车草料添过后，牛尾巴甩着开始离开食槽往水槽那边挪了。

王大爷把自来水龙头一拧，水槽里的水位开始缓缓上升，牛们自觉地顺次开始饮水、回场，回到户外有土的山崖墙根拉呀尿呀的。

14

王奶奶换了一双旧鞋子，拿着锹给种牛和哺乳期母牛起圈。种牛与母牛的活动场地和育肥牛面对面，但小得多，拾掇得也特别干净。几头种牛一个个被人用铁链子粗暴地拴着，野生牛一样威武。

三个孙女也起来了，围着牛栏看奶奶起圈。

大铁锹铲过水泥地面，发出"嚓——嚓——"的声音。年近七旬的老人，竟然显出五十岁中年人的精气神来。

15

"奶奶，来人了。"

快八点的时候，梁书记来了。

"哎呀，这雨下得好啊！就是太少了些，没怎么下就停了。牛咋样？"梁书记边停车边问。

"牛沃野很，草太贵咧。草都是王强从甘肃拉过来的。"

"甘肃？"

"嗯。"

"草贵不说了，牛价又塌了。太讨厌了。"

"去年买的牛娃，吃了半年料，现在还卖不上去年买牛娃的钱。"

"我估计牛价不会再往下跌了。"

"还敢再跌。"

16

梁书记和王大爷聊着进了牛圈。王奶奶躲闪着换掉旧鞋子往屋里去了。牛习以为常地该干啥干啥。梁书记看着一百多头西门塔尔牛，心也悬悬的。牛场是他和村委会动员王强投资创建的，现在市场出现波动，还得指靠村委会和他帮助王强渡过难关。

"老王，你养了个好儿子。"

"啥好儿子，光知道折腾。"

"再扛一扛，王强说把长山头的事情理顺就回来住了。"

"说是这样说，让媳妇下来喂牛，让我老俩上去住。"

"中宁四合院比你这里阔气多了，我去过。"

17

锅里的香味拧成一根细线穿梭在屋檐下。梁书记从牛圈出来，还没走到屋檐下鼻子就被这条细线绕住了。

"好香！老王日子过得好啊，一大早就煮肉。"

"过节宰的牛。牛骨头放不住了。快，给梁书记捞骨头。"

"不用，不用，我看看你们就走。"

"哎呀！什么时候来都说不用不用，太见外了，请到不如碰到。梁书记也为这个牛场……"

"咦——说啥呢，分内的。"

18

王奶奶把三尺大的搪瓷盘端上茶几。

骨头冒着热气，柔软的贴骨肉烂得快要脱骨了。

梁书记离开牛场的时候，雨又丢丢哒哒下了几点。

看着雨水打湿的玉米地，梁书记盼着雨好好儿下下，让饲料玉米好好发一发秧，让庄稼汉有个好收成，让王强的牛场有个好利润，也不枉自己在双井驻了村，做了一回第一书记。

后　记

张海洋

　　应《驻村书记》作者之邀阅读书稿并为本书写后记，实在是诚惶诚恐，迟迟不敢动笔。作为书中主人公梁军同志的继任者，我见证了前几任驻村队员的工作成果，并为巩固他们的工作成果不断努力着。每当我走在村子的角角落落，与群众攀谈时，群众总会说起前几任驻村队员的点点滴滴。大家的言谈，印证了书中叙事的真实；新一届驻村工作队的工作，续写着书中的故事。

　　费孝通先生曾经写过一篇《文字下乡》，文中提到城里人往往将乡下人视为"愚钝"。当乡下人进城听到背后汽车连续鸣笛就手忙脚乱，城里人便啐一口，骂一句笨蛋。然而，当城里人到了农村竟然发现自己五谷不分，乡下人并没有啐一口骂他白痴，而是报之微微一笑。事实上，乡下人都是务农种地的行家里手，他们并不愚，与城里人相比只是在文化、经济和视野上存在一些差距，这些差距是常年沉积的结果。

　　进入新世纪以来，急促而来的城镇化进程不断地改变着农村产业结构，也催生了诸多新问题。改革开放40多年来，中央发布了26个"一号文件"，强调了解决"三农"问题的重要性，表明了党和政府缩小城乡差距的坚定决心，这也是每个驻村工作队的伟大事业。去农村做驻村干部的知识分子，都应该像书中主人公梁军这样，摒弃偏见、放下身段，为缩小城乡差距尽绵薄之力。

2023年7月，我从另一个山区小村庄调整到双井村做驻村第一书记。当我第一次入户介绍自己的时候，村民无不惊讶地说："梁书记回了？前几天还在村子里遇见打了招呼哩。""两年前田书记走，再往前黑书记走……咋都不说呢，我们应该送送的。"我赶紧解释道："梁书记还来呢，其他几任书记也惦记着大家呢，让我带话说等你们产业发展起来了就来做客。"百姓聊起驻村工作队成员的名字如数家珍：姚鹏、马金保、黑正荣、马海波、张戬、田浩、马骥、孔维丰、王亮、梁军、韦春雷、马鑫、马金贵等。这些名字那么熟悉，那么响亮，他们都是在宁夏工商职业技术学院领导的大力支持和鼓励下，热情诚恳地提出对村民有益的一系列举措，并且真真正正为村民带来实惠的，使村民从心里认可和肯定了的驻村工作队员。

随着工作逐步深入，渐渐地，我和村里的老乡熟络起来。每次入户时，我会特别注意记录细节，与村民交心，走进村民心里。我发现我就是他们，他们就是我。

我在村子里时间不算长，但是，正如书中所写，村子里每天都发生着深刻变化。李有宝家的牛已经养到13头了，全村存栏稳定保持在850头左右，其中有15户家庭养了20头以上，这是双井村产业振兴的定海神针。双井第一楼全部竣工，杨家老大年前就已入住，落地玻璃窗别提有多漂亮。去年丰收节，产业带头人王强在全村优选了 10 余头牛，用自家大卡车拉到海城镇参加全县"牛王"评比大赛，赢得一、二等奖各两项，当场被几家大型企业高价收购，加上奖金，每头牛收入超 3 万元。工作队选送的"爱心书屋助振兴"为题的演讲节目，参加了海原县第二届"新时代文明实践志愿服务"项目大赛，获得铜奖。本着让更多孩子受益，工作队打算从甘城乡学区再选拔 25 名小学生，和双井小学的学生们一起参加第三届"暑期赴银川游学"活动，家长们正盘算着给娃娃买几身新衣裳呢。

这两年，受肉牛市场波动的影响，全村养牛产业遭受了挫折，但大家并没有气馁，想出了许多办法。就像 2023 年大旱时，村子道路两旁原本应该长满贱贱草，但因为缺水，没有长出来。今年领着孩子们又重新种植了，期待能见到美丽景色。

说到压力，全国有 20 多万个驻村工作队，哪个队员没有压力，这种压力都转化成无穷的动力，鞭策着近百万扎根在一线不停奋战的驻村干部，他们和老百姓、乡村干部同吃、同住、同劳动，一同践行着党的初心使命，为美丽乡村而战，为时代梦想而战，为荣誉而战，为民族复兴大业而战。

农村工作琐碎事相对多些，做为高校知识分子，能有一段在农村工作的经历，是一件好事，也是一件幸事。更有幸的是为《驻村书记》作后记、做证词，向读者述职，向卷帙浩繁的书海述职，向历史述职。

2024 年 5 月 20 日于双井村